W0065487

Lukas Hartmann
Gib mir einen Kuß,
Larissa Laruss

BILDER
VON
WOLFGANG
RUDELIUS

LUKAS HARTMANN

Gib mir einen Kuss, LARISSA LARUSS

NAGEL & KIMCHE

Einige Ausdrücke, die du vielleicht nicht
kennst, werden auf Seite 144 erklärt.

1. Kapitel

Vera bekommt unerwarteten Besuch

Lieber Hampel, du bist nur ein uralter Stoffhase, dein linkes Ohr ist halb abgerissen, und am Rücken bist du durchgescheuert. Aber du bist schön weich, wenn ich dich im Dunkeln an mich drücke, und dir kann ich alles sagen. Paps sage ich fast alles, aber nicht ganz, und Fredi auch nicht, er würde über dich bestimmt dumm grinsen. Dabei hat er selber ein Stoffschwein. Als ich einmal bei ihm war, lag es auf seinem Bett, und er hat es rasch unters Kopfkissen geschoben.

Etwas Furchtbares ist geschehen. Ich kann's fast nicht glauben, und doch bin ich sicher, daß es stimmt. Heute abend hat Paps eine Hexe mit nach Hause gebracht! Frau Grolimund sagt, Hexen gebe es nur in Märchen und bösen Träumen, und in letzter Zeit habe ich das auch ein bißchen gedacht. Schließlich bin ich beinahe elf, und da glaubt man nicht mehr an jeden Quatsch. Aber Frau Grolimund hat sich schon oft geirrt, zum Beispiel mit den Bienen. Auf der Schulreise hat sie behauptet, wenn

man ganz ruhig sei, würden Bienen einen nicht stechen. Und doch wurde Fredi von vier Bienen gestochen und ich von einer, und zwar in den Hals, wo's am gefährlichsten ist.

Heute nachmittag, als ich von der Schule heimkam, ging ich zuerst zu Fredi, wie gewöhnlich, und Fredis Mutter machte uns Pfefferminztee. Wir übten das Diktat, das uns Frau Grolimund für morgen aufgegeben hat, und als wir's zweimal geschrieben hatten, spielten wir unter dem Küchentisch Notfallstation. Fredi war verletzt, und ich war Ärztin und verband seinen Kopf. Um fünf ging ich hinauf zu uns und machte eine Pizza, das kann ich gut. Mit der Pizza wollte ich Paps überraschen, Fertigpizza mag er nicht und auch nicht jeden Tag Rosenkohl oder Pellkartoffeln. Ich deckte für zwei und stellte die angebrochene Weinflasche auf den Tisch, denn Paps sagt, die Pizza schmecke ihm mit Rotwein doppelt so gut.

Um Viertel vor sechs war alles bereit. Sogar einen Salat aus diesen bleichen Dingern, die aussehen wie Keulen, hatte ich gemacht und rote Servietten auf die Teller gelegt. Um zehn vor sechs klingelte es einmal kurz und einmal lang. Das ist unser Erkennungszeichen. Ich öffnete die Tür, und da stand Paps, und neben ihm stand eine fremde Frau.

6

«Ich habe dir ja schon von Larissa erzählt», sagte Paps. Aber mit keinem Wort hatte er erwähnt, daß er sie heimbringen werde. Paps vergaß, mich hochzuheben und zu küssen wie sonst, und Larissa setzte ein falsches Lächeln auf und sagte: «Hallo, du mußt Vera sein.»
Ich übersah ihre ausgestreckte Hand, dafür schaute ich sie mir genau an. Sie hat eine spitze Nase und ein spitzes Kinn, eisgraue Augen und aschblonde Haare, und am Mundwinkel hat sie eine Warze mit drei Härchen drauf. Als ich das sah, hatte ich schon meinen ersten Verdacht und einen Klumpen im Magen. Sie trug Lederhosen, was ich scheußlich finde, eine blaue Seidenbluse und darüber eine karierte Jacke mit Schulterpolstern. Paps hat zu Mama immer gesagt, Schulterpolster seien überflüssig. Doch er half Larissa aus der Jacke wie nichts und hängte sie über einen Kleiderbügel.
«Sag ruhig Larissa zu mir», sagte sie. «In der Schule haben sie mir Larissa Laruss nachgerufen, einfach weil's so lustig klingt.»
Ich sagte nichts. Sie gingen in die Küche, und ich blieb auf der Schwelle stehen.
«Sieh nur», sagte Paps nach einem Blick in den Ofen, «Vera hat eine Pizza gemacht. Ist das nicht toll?»
«Und wie!» sagte Larissa. «In ihrem Alter habe

ich nicht mal gewußt, wie man den Backofen einschaltet.»

«Und sie hat wunderschön gedeckt», sagte Paps und blinzelte hinter seiner dicken Brille. «Ich lege einfach noch ein drittes Gedeck auf.» Und schon war er beim Küchenschrank und holte einen Teller und Besteck heraus.

«Die Pizza reicht nur für zwei», sagte ich.

«Ach wo. Wir teilen eben durch drei. Es schadet nie, teilen zu lernen.»

«Ich habe sowieso nur einen kleinen Hunger», sagte Larissa, «ich nehme höchstens ein ganz kleines Stück.» Aber ich sah am Funkeln ihrer Augen, daß es gelogen war.

Paps ist immer dafür, daß man Gäste höflich behandelt, und darum schaute er im Kühlschrank nach, um irgendeine Vorspeise zu finden. Mit dem Kühlschrank haben wir ein Problem; die Sachen, die wir nicht mögen, schieben wir nach hinten, und dort schimmeln sie vor sich hin, und das übrige ist immer gleich weggegessen. So fand Paps nur uralte Kapern und Essiggurken und ein halbes Joghurt mit einer blauen Schimmelschicht. Aber was geschah? Larissa war ganz wild auf Kapern, sie löffelte sie aus dem Glas. Und danach sagte sie, Schimmel sei gesund, und aß auch das Joghurt. Dazu versuchte sie, mich

8

zum Tisch zu locken, und sagte, ich solle mich doch endlich setzen, sie beiße nicht. Ich blieb aber draußen im Gang stehen und tat so, als ob mich das alles nichts anginge. Man konnte riechen, daß die Pizza inzwischen angebrannt war. Aber die beiden merkten es erst, als schwarzer Rauch aus dem Ofen kam und die ganze Küche erfüllte. Paps begann zu husten und riß das Fenster auf, dann holte er mit einem Topflappen das Blech aus dem Ofen und stellte es auf den Herd. Dabei verbrannte er sich am Daumen, und er mußte ihn zur Kühlung unters fließende Wasser halten. Larissa tat sehr mitleidig und fragte Paps, ob er ein Pflaster brauche. Als er keines wollte, stand sie auf und beugte sich über die halb verkohlte Pizza und sagte, angebrannter Teig mache ihr gar nichts aus, im Gegenteil. Und schwuppdiwupp hatte sie mit bloßen Händen die Pizza gepackt und in sich hineingestopft. Außer ein paar Brosamen blieb auf dem Blech rein nichts zurück. Larissa kaute und schmatzte so laut, daß mir die Ohren weh taten.

Merkst du was, lieber Hampel? Hexen sind an Rauch und Feuer gewöhnt, und gerade das Allerscheußlichste essen sie am liebsten. Doch Paps lachte bloß und sagte, Larissa habe wohl doch Hunger, und wir beide könnten uns

9

nachher ja ein Butterbrot streichen. Beinahe wäre ich in mein Zimmer gerannt und hätte mich darin eingeschlossen. Aber ich darf doch Paps nicht mit einer Hexe allein lassen! Paps sieht schlecht und ist manchmal zerstreut. Man muß ihn immer ein bißchen bewachen, damit er nicht stolpert oder aus Versehen ein Postpaket in den Ofen schiebt oder ein Ei in eine Blumenvase schlägt. Und bestimmt hat er keine Ahnung, wen er da aufgegabelt hat und in welcher Gefahr er ist. Aber ich wage nicht, Paps etwas davon zu sagen, er würde mich auslachen und mir nicht glauben, und das ertrage ich nicht. Also beschloß ich, trotz allem in der Küche zu bleiben, und ich setzte mich sogar an den Tisch und aß Pizzabrosamen und danach den Salat. Doch ich war bereit, jeden Moment einzugreifen und Paps zu verteidigen, wenn es sein mußte. Ich kann nämlich ein paar Judogriffe, die uns Frau Grolimund beigebracht hat. Ob die aber bei Hexen nützen, weiß ich nicht.

Die beiden redeten dauernd miteinander, und sie redeten über Dinge, von denen ich nichts verstehe, über Politik, über Kinofilme und über Leute vom Fernsehen. Und zwischendurch stellte mir Larissa diese komischen Fragen, die Erwachsene einem immer stellen: ob's

mir in der Schule gefalle, ob ich gerne mit Freundinnen spiele oder lieber allein, ob ich viel fernsehe und welches meine Lieblingssendung sei. Ich antwortete so kurz wie möglich, meist mit Ja oder Nein, denn ich wollte ihr nichts über mich verraten. Das machte sie wütend und Paps auch, und nach der zehnten Frage taten sie so, als sei ich gar nicht da. Mein Klumpen im Magen wurde immer größer, aber ich war erleichtert, nicht mehr von ihr angestarrt zu werden. Sie hat nämlich, wenn sie will, einen Röntgenblick, der mitten durch einen hindurch geht.

Einmal verschwand Larissa auf der Toilette, und Paps begann sogleich, leise auf mich einzureden und mir klarzumachen, wie unmöglich ich mich benehme und daß er mehr von mir erwartet habe. Ich ließ alles stumm über mich ergehen. Als Larissa zurückkam, hatte sie sich die Lippen feuerrot geschminkt, und das sah zur Warze am Mundwinkel und ihrer bleichen Haut noch schrecklicher aus als vorher.

Um neun wollte mich Paps ins Bett schicken, aber ich sagte, ich sei noch gar nicht müde, und außerdem müßten wir das Geschirr spülen.

«Du gähnst aber die ganze Zeit», erwiderte Paps, «und am Tischgespräch bist du auch nicht besonders interessiert.»

11

«Weil ihr nur über so erwachsenes Zeug quatscht!» erwiderte ich.

«Ach so?» Larissa trommelte mit ihren Spinnenfingern auf den Tisch. «Ist dir denn nicht aufgefallen, daß ich ernsthaft mit dir zu reden versuchte?»

Paps hüstelte und blinzelte. «Weißt du, die Situation ist noch ungewohnt für sie.»

«Aber ich brauche mir ja von deiner Tochter nicht alles bieten zu lassen, oder?» Sie stand auf und strich sich ihre aschblonden Haare zurück. Und dann ging sie so rasch aus der Küche, daß ihre Lederhosen richtig knirschten. Paps folgte ihr, und ich hörte ihn sagen: «Bleib doch noch ein bißchen, so schlimm ist das alles gar nicht.» Sie flüsterten miteinander, Larissa zog ihre Jacke an, und nach einer Weile streckte sie ihren Kopf nochmals zur Küche herein und sagte: «Na ja, vielleicht bringen wir's zustande, uns irgendwann miteinander anzufreunden, was meinst du denn?»

Ich schaute auf den Tisch und sagte nichts. Plötzlich fauchte sie wie eine Katze, aber so, daß nur ich es hörte. Dann zog sie sich zurück und verabschiedete sich draußen von Paps, und als er zurückkam, hatte er direkt neben dem Mund rote Lippenstiftspuren. Sie hatte ihn also geküßt, und das bedeutete höchste

12

Gefahr für ihn. Ich nahm blitzschnell eine Serviette und putzte alles weg, bevor er überhaupt wußte, was mit ihm geschah. Er schüttelte den Kopf, halb lachte er, halb grollte er. «Was ist bloß in dich gefahren? Ich kenne dich gar nicht von dieser Seite.»

«Die soll sich bei uns nicht mehr blicken lassen!» Ich preßte meinen Kopf an seine Schulter, dorthin, wo's schon ein bißchen weich ist, und die Serviette mit den roten Flecken ließ ich einfach auf den Boden fallen.

«Und warum nicht, bitte schön?»

«Einfach so. Ich mag sie nicht.»

«Ich fürchte, du wirst dich an sie gewöhnen müssen. Larissa ist in meinen Augen eine sehr sympathische Frau.»

Ach, was weißt du schon, dachte ich, du bist ja richtig blind. Ich sagte: «Trag mich ins Badezimmer, bitte.» Er tat es und vergaß zum Glück das schmutzige Geschirr. Er kitzelte mich beim Tragen, und ich quietschte und strampelte wie immer, und er sagte mir ins Ohr, ich würde das halbe Haus wecken. Ich lachte noch stärker. Aber es war anders als sonst, irgendwie nicht echt, sondern bloß gespielt. Und als wir nebeneinander standen und uns die Zähne putzten und einander im Spiegel Grimassen schnitten, spürte ich, daß der Klumpen im

13

Magen bis zum Hals hinaufgewachsen war
und ich fast nicht mehr schlucken konnte.
Paps setzte sich auf den Bettrand, nahm meine
Hand und fragte, ob ich Mama sehr vermisse
und ob ich deswegen so unausstehlich gewesen
sei. Solche Fragen hasse ich noch mehr als alle
andern. Mama ist in London und arbeitet in
einer Bank, sie ruft mich einmal pro Monat
an, wir treffen uns zu Weihnachten, und an
meinem Geburtstag fliegt sie extra zu mir.
Aber Paps und sie wollen einander nicht mehr
sehen oder nur noch ganz selten. So ist es
eben.
Ich schwieg, Paps strich mir übers Haar, und
da kamen mir die Tränen, ob ich wollte oder
nicht. Und deshalb drehte ich mich um und
drückte mein Gesicht ins Kissen, und Paps
streichelte meinen Rücken, was alles noch
schlimmer machte.
«Es ist ja nun zwei Jahre her, daß wir zu zweit
sind», sagte Paps. «Ich denke, irgendwann
wird sich auch bei uns was verändern.»
Ich weiß genau, was er meint, lieber Hampel,
und ich habe ja nichts dagegen, wenn er sich
eine Freundin nimmt, das ist bei andern in der
Klasse auch so. Die haben, sagen sie, zwei Vä-
ter oder zwei Mütter, echte und andere, und
das kann ganz nett sein, aber eine Hexe

14

kommt absolut nicht in Frage, da rennt Paps ja
ins eigene Unglück. Und plötzlich bin ich allein auf der Welt und habe nur noch dich, lieber Hampel, und die Miete bezahlen kannst
du ja nicht, oder?
Ich gab Paps keine Antwort mehr und tat so,
als sei ich eingeschlafen. Ich hörte ihn seufzen
und aufstehen, und dann rumorte er noch
lange in der Küche herum und spülte ganz allein das schmutzige Geschirr.

2. Kapitel

Was Larissas Silbersträhne
und die gefrorene Butter bedeuten

Also, jetzt weiß ich's genau. In unserer Gegend
gibt es Grufthexen, Lufthexen und Berghexen, das steht in Fredis Hexenlexikon. Larissa
Laruss ist eine Berghexe, dafür haben wir Beweise. Aber alles schön der Reihe nach, sonst
wirst du nicht klug aus diesem Durcheinander,
lieber Hampel.
Ich schlief schlecht nach Larissas Besuch und
hatte Kopfweh, als ich am Morgen aufstand.
Paps und ich sagten nicht viel zueinander,
auch nichts über Larissa, obschon ich dauernd
an ihre eisgrauen Augen und an ihre Warze
denken mußte. Mir war klar, daß sie wiederkommen würde, eine wie sie läßt sich nicht so
leicht vertreiben. Auch in der Schule lenkte
Larissa mich dauernd ab. Sie brachte die Zah-
len im Rechenheft durcheinander, ich sah sie
plötzlich auf einem Bild im Lesebuch, und einmal glaubte ich sogar, sie stehe vor der Klasse
und ermahne mich. Dabei war es Frau Grolimund, die Larissa überhaupt nicht gleicht.

16

Auf dem Schulweg behielt ich die Geschichte noch für mich, da hören zu viele zu. Außerdem will Fredi nicht, daß die anderen blöde Witze über uns zwei machen oder Herzchen malen. Deshalb geht er nicht gerne neben mir. Aber bei ihm zu Hause, in seinem Zimmer mit der elektrischen Eisenbahn, konnten wir endlich miteinander reden. Zuerst war er mißtrauisch. Vor lauter Klugheit glaubt er nur, was sich beweisen läßt, und er glaubt vor allem das, was in den Büchern steht.

«Moment mal», sagte Fredi, «da schauen wir besser nach.» Und er holte ein dickes Buch von seinem Büchergestell, eben das Hexenlexikon, das ihm ein Onkel geschenkt hat. Erst las er eine Weile darin, und dann zeigte er mir das Kapitel über die Gruft-, Luft- und Berghexen und fragte, ob mir bei den Beschreibungen etwas bekannt vorkomme. Die Grufthexen sind die scheußlichsten, die Lufthexen die geschwindesten und die Berghexen die einsamsten, deshalb suchen sie Gesellschaft. Und darum war ich sogleich davon überzeugt, daß Larissa nur eine Berghexe sein konnte. Berghexen ernähren sich hauptsächlich von Eiszapfen und Gletschermilch, essen aber auch anderes. Sie haben silberne Haare, und je kälter es ist, desto gemütlicher finden sie's. Berg-

hexen können es schneien lassen, und sie können Dinge, die nicht größer sind als ein Kohlkopf, mit einem einzigen Spruch einfrieren oder auftauen. Und manchmal haben sie auch die Kraft, Menschen schrumpfen zu lassen, zum Beispiel einsame Bergwanderer, die sie dann in ihre Hütte tragen und in einem Vogelkäfig einsperren, damit sie jemanden zum Plaudern haben. In Vollmondnächten können Berghexen auf einem Besen fliegen, aber sie müssen vorher zerkrümelte Lärchenbartflechte über den Besen streuen. Seit über zweihundert Jahren, stand im Lexikon, habe man unter Menschen keine Berghexe mehr gesichtet, wahrscheinlich seien sie ausgestorben.

«Also», sagte Fredi, «wo sind die Beweise?» Daß Larissa die verkohlte Pizza verschlungen hatte, ließ er nicht gelten; er sagte, das habe sie vielleicht aus Höflichkeit getan.

Ich dachte angestrengt nach, und Fredi raschelte mit Bonbonpapier. Wenn er ein Bonbon auspackt, bietet er mir meistens auch eines an, aber in neun von zehn Fällen lehne ich ab. Ich will Schauspielerin werden, und dazu braucht man gute Zähne. «Sie hat aschblonde Haare», sagte ich.

«Dann liegst du sowieso falsch», erwiderte er und steckte das Bonbon in den Mund.

«Aber auf der linken Seite», fuhr ich fort, «hat sie eine silbergraue Strähne.»

Fredi schaute mich verblüfft an. «Du meinst …?»

«Ja. Sie hat sich bestimmt die Haare gefärbt, um sich zu tarnen.»

«Nehmen wir an, es sei so», sagte er. «Ist dir sonst noch was aufgefallen?»

Ich erinnerte mich daran, daß das Küchenfester sehr lange aufgesperrt geblieben war, und als Paps es schließen wollte, hatte Larissa gesagt, Kälte mache ihr gar nichts aus, der Rauch sei viel schlimmer. Ich hatte schon beinahe mit den Zähnen geklappert, und sie war in ihrer dünnen Seidenbluse dagesessen und hatte nicht einmal Gänsehaut bekommen. Und am Morgen war im Kühlschrank alles gefroren gewesen; die Butter hatten wir kaum schneiden können. Erst jetzt ging mir auf, was das bedeutete.

Fredi blieb vor Schreck der Mund offen, als ich's erzählte, und ich sah das nasse Zitronenbonbon auf seiner gelben Zunge. «Wenn das stimmt», sagte er, «dann ist sie wirklich eine Berghexe.»

«Habe ich dich jemals angelogen?»

Er pustete auf seine Hand und roch daran. «Okay. Ich glaub's dir. Was tun wir jetzt?»

«Schwör mir, daß du mit niemandem darüber sprichst.»

19

«Warum nicht? Eine Hexe sollte man sogleich bei der Polizei anzeigen.»
«Bist du noch bei Trost? Alle Erwachsenen werden uns auslachen und sagen, daß wir uns die Sache bloß einbilden. Und zuletzt schicken sie uns zu so einem Psychoheini, der uns die Einbildung ausreden soll.» Bei einem von denen bin ich schon gewesen, vor einem Jahr, als ich jede Nacht von schwarzen Monstern träumte, die Paps entführen wollten.
«Also», fragte ich Fredi, «schwörst du nun, oder schwörst du nicht?»
Er nickte endlich, hob drei Finger und sagte unsern Geheimschwur.
«Und schwörst du, daß du mir hilfst, bei allem, was geschehen wird?»
Er zögerte einen Moment. Doch dann schwor er zum zweitenmal, und so bin ich jetzt im Kampf gegen die Hexe nicht allein.
Wie kann man eine Hexe verjagen? Wir dachten nach, Fredi ließ seine elektrische Eisenbahn rundherum fahren, und ich schaute zu, wie die Lokomotive aus einem Tunnel herauskam und im nächsten wieder verschwand. Die Räder machten ein Geräusch, das klang wie «Larissalarusslarissalaruss», und wenn der Zug über eine Weiche fuhr, hörte ich «Papperlapappapperlapapp».

«Wir müssen wissen, wo sie wohnt», sagte Fredi nach einer Weile und schaltete den Trafo aus, damit die Eisenbahn anhielt. «Dann können wir ihr Drohbriefe schicken. Zum Beispiel: VERSCHWINDE VON HIER, DU MISTSTÜCK, SONST GEHT'S DIR AN DEN KRAGEN.»
«Das macht einer Hexe keinen Eindruck», sagte ich.
«Vielleicht doch, wenn wir mit Blut schreiben.»
«Mit was für Blut? Mit unserm?»
Fredi nickte. «Wenn wir uns in den Zeigefinger stechen, kommt genug heraus.»
Das gefiel mir gar nicht, und ich sagte, es sei nicht sicher, ob Larissa überhaupt eine Wohnung habe. Möglicherweise fliege sie jeden Tag vom Berg herunter. Es sei doch viel klüger, sagte ich, irgendein Zeichen, das Hexen fernhalte, auf unsere Tür oder Schwelle zu malen. Darüber hätte ich einmal etwas in einer Hexengeschichte gelesen. Aber das war Fredi zu unsicher, und er schlug vor, Larissa aufzulauern, sie mit einem Lasso einzufangen, sie dann zu verschnüren, in ein großes Paket zu stecken und aufs Jungfraujoch zu schicken, wo's genug Eis und Eiszapfen gebe. Aber das hielt ich für unmöglich, denn Hexen, sagte ich, kann man bestimmt nur mit Spezialschnüren fesseln, die es in keinem Laden zu kaufen gibt. Fredi ließ wieder die Eisenbahn

21

kreisen, und zwischendurch brachte uns seine Mutter Pfefferminztee und Knäckebrot und lobte uns dafür, daß wir so ruhig waren. Als sie hinausgegangen war, zerkrümelte Fredi das Knäckebrot und wischte die Krümel unter den Teppich, damit Frau Koller meinte, er habe es gegessen. Wir müßten der Hexe siedendheißen Eistee zu trinken geben, sagte er, das würde sie innerlich verbrennen. Aber ich widersprach und sagte, heißer Tee dampfe doch, man sehe ihm die Hitze an, und deshalb würde sie ihn gar nicht trinken. So ging es noch einige Male hin und her. Was Fredi vorschlug, fand ich doof oder zu gefährlich, und was ich vorschlug, fand er kindisch und komplett daneben. Wir redeten immer lauter und schrien uns beinahe an, und Fredi zerbiß vor Zorn ein ganzes Himbeerbonbon. Es war gut, daß wir uns schließlich doch noch einigen konnten. Weißt du worauf, lieber Hampel? Auf Knoblauch. Mit Knoblauch vertreibt man Vampire, und was Vampire nicht ausstehen können, das wirkt bestimmt auch bei Hexen, denn beide Arten sind ungefähr gleich scheußlich. Und jetzt ist mir klar, was ich tun werde, wenn Larissa das nächstemal auftaucht.

3. Kapitel

Jemand hat einen Feueratem,
und Vera flüchtet unter den Tisch

Ach, lieber Hampel, alles ist schiefgegangen, und ich weiß gar nicht mehr, was ich tun soll. Heute morgen räumte Paps sein Morgengeschirr weg, er stand gebückt vor der Spülmaschine, hüstelte plötzlich und sagte, mit dem Rücken zu mir: «Hör mal, Vera. Seit diesem Besuch neulich, du weißt schon, sind ja ein paar Tage vergangen. Du hast jetzt ein bißchen Zeit gehabt, dich an den Gedanken zu gewöhnen, daß uns Larissa wieder besuchen wird.»

«Bald?» fragte ich.

«Nun», sagte er gedehnt, «eigentlich wär's mir heute abend recht. Und ihr auch.»

In meinem Kopf wurde es leer, aber ich hatte mir schon vorher alles zurechtgelegt, und so sagte ich: «In Ordnung, Paps.»

Überrascht drehte er sich um und blinzelte mich an. «Wirklich?»

Ich nickte. «Diesmal mach ich aber nicht Pizza, sondern Spaghetti.»

«Wunderbar.» Er lächelte, aber es war sein Maskenlächeln, bei dem die Fältchen um den Mund aussehen wie gefroren. Und da weiß ich nie, was er wirklich denkt. Er kniff mich zum Abschied in die Wange, sagte tschüs, zog draußen im Gang seine Winterjacke an, und ich rief ihm nach, er solle seine Mappe mit den korrigierten Heften nicht vergessen. Eigentlich bin ich froh, daß ich nicht ins gleiche Schulhaus gehe, wo Paps Lehrer ist. Es wäre komisch, ihn auf dem Pausenplatz als Aufsicht zu haben.

In meiner Klasse war ich heute nicht bei der Sache, ich bohrte in der Nase und wippte auf meinem Stuhl, ohne es zu merken. Und Frau Grolimund tadelte mich deshalb und schenkte mir ein ganzes Paket Papiertaschentücher, damit ich mir anständig die Nase schneuze. Matthias, der schräg hinter mir sitzt, grinste dumm und fragte in der Pause, ob ich auf der Suche nach meinem Gehirn sei. Ich sagte, bei mir sei wenigstens noch etwas vorhanden, und von da an schwieg er.

Mit Fredi konnte ich mich erst nach der Schule aussprechen, sonst verspotten uns die andern und sagen, wir seien ineinander verliebt, was natürlich der allergrößte Quatsch ist. Oder sie sagen, wir seien zusammen eine 10, weil

24

Fredi rundlich ist und ich eher eine Bohnen-
stange bin und dazu einen halben Kopf größer
als er. Aber nach der Ecke bei der Bäckerei
sieht uns keiner mehr, und bei der Weide, die
über die lange Gartenmauer herabhängt, warten wir immer aufeinander. Und manchmal
gehen wir so langsam zu unserm Block, daß
wir für die zweihundert Meter eine halbe
Stunde brauchen. Frau Koller schimpft nie
deswegen, nur letzte Woche einmal, als es
schon dämmrig war, ist sie uns suchen gekommen, und da saßen wir auf der Gartenmauer.
Ich wollte einfach nicht glauben, daß es Ster-
nennebel gibt, und Fredi war vor lauter
Erklären heiser und böse geworden. Und beinahe hätten wir uns wieder von der Mauer
hinuntergestoßen wie damals im Frühling, als
sich Fredi den Knöchel verstauchte und niemandem verriet warum.
Von der Weide bis zur Haustür besprachen
Fredi und ich, was wir tun würden. Frau Koller begrüßte uns oben in der Wohnung, ich
begann mit ihr über Hausaufgaben und Noten
zu schwatzen. Fredi tat so, als müsse er aufs
Klo, aber in Wirklichkeit schlich er sich in die
Küche und steckte sämtliche Knoblauchknol-
len, die er fand, in seine Hosentaschen. Als er
zurückkam, sagte er, ich wolle ihm heute bei-

25

bringen, wie man Tomatensauce mache. Und
Frau Koller sagte, da habe sie nichts dagegen,
wenn sie's versuche, sei's sowieso verlorene
Liebesmüh. Und so gingen wir zu uns hinauf.
Im Gemüsefach fand ich eine weitere Knob-
lauchknolle, sie war angefroren und trotzdem
halb verfault, was mir merkwürdig vorkam.
Immerhin gab's noch sechs ganze Zehen, und
mit Fredis Knollen waren es über dreißig. Wir
schälten sie und hackten sie auf dem Holz-
brett. In der ganzen Küche begann es nach
Knoblauch zu riechen. Fredi glitt mit dem
Messer immer wieder aus und schnitt sich beinahe in den Finger. Er hustete und sagte,
sogar seine Bonbons hätten plötzlich Knob-
lauchgeschmack. Es war soviel gehackter Knoblauch, daß er den ganzen Pfannenboden be-
deckte. Ich briet ihn in Olivenöl an, ich ließ
ihn gelb werden, drehte und wendete ihn mit
der Kelle, wie's mir Paps beigebracht hat. Und
dann schüttete ich die Tomaten aus der Büchse dazu und würzte sie mit einem halben
Bouillonwürfel und streute noch mächtig viel
Cayenne-Pfeffer darüber. Der Dampfabzug
rauschte, Fredi durfte rühren, und er schloß
die Augen, damit ihn der Geruch nicht noch
mehr reizte.
Nach einer Weile, als die Sauce schon ein

bißchen sämig war und kleine Blasen warf, ko-
steten wir beide einen Löffel voll davon und
gingen beinahe in die Luft. Fredi rannte zum
Spülbecken und spuckte die Sauce hinein. Ich
schluckte das Zeug hinunter, um es loszuwerden, und das war nicht sehr klug, denn jetzt
brannte es noch mehr. Ich tanzte in der Küche
herum und wischte mir die Tränen aus den
Augen. Als Fredi wieder sprechen konnte, sagte er: «Das haut den stärksten Mann um.»
«Und die stärkste Frau auch», sagte ich.
Bis um sechs blieb uns noch eine halbe Stunde. Wir deckten den Tisch, ich machte das
Wasser für die Spaghetti heiß, und dann ging
Fredi nach unten, vors Haus. Er wollte eine
Schnur auf den Plattenweg legen, das eine Ende am Birkenstamm festknüpfen und sich auf
der andern Seite verstecken. Und wenn Larissa auftauchte, wollte er die Schnur anspannen,
so daß sie darüber stolperte und stürzte und
sich vielleicht irgendwas brach. Ich fand das
gut, mir ist alles recht, was Larissa schadet.
Erst jetzt frage ich mich, ob Hexen sich überhaupt Knochen brechen können.
Ich wartete und wurde immer aufgeregter.
Kurz vor sechs, als die Spaghetti schon mat-
schig waren, hörte ich Schritte und laute Stimmen draußen, dann kamen Paps und Larissa

27

herein, beide verschwanden sogleich im Badezimmer. Und als ich nachschaute, hielt Paps
mir anklagend seine Handflächen entgegen,
sie waren rot und geschwollen, am linken Dau-
menballen blutete er. Und Larissa durchwühl-
te das Medizinschränkchen und fragte mit er-
hobener Stimme, wo in Dreiteufelsnamen wir
Merfen oder sonstwas zum Desinfizieren versteckt hätten.

«Was ist denn geschehen?» fragte ich und ahn-
te schon, was sie sagen würden.

«Irgend so ein Trottel», sagte Paps, «hat eine
Schnur quer über den Weg gespannt. Ich bin
darüber gestolpert und wollte mich mit den
Händen auffangen, und das hat ihnen gar
nicht gut getan.»

Ich war böse auf Fredi. Wie konnte er nur so
blöd sein und im falschen Moment an der
Schnur ziehen!

«Wehe, wenn ich diesen Kerl erwische», sagte
Larissa, und ihre Augen waren nur noch
Schlitze vor lauter Bosheit.

«Ich weiß, wo das Merfen ist», sagte ich und
wollte selber zum Schränkchen. «Ich mach das
schon.»

Aber Larissa ließ sich nicht wegdrängen, sie
warf Schachteln und Tuben auf den Boden,
und als sie endlich das Fläschchen gefunden

hatte, schüttete sie den halben Inhalt über Paps' Wunde. Paps biß sich auf die Lippen und verzerrte das Gesicht vor Schmerz, und sie sagte zu ihm: «Reiß dich ein bißchen zusammen, Theo, es gibt Schlimmeres.» Auch das Pflaster durfte ich nicht kleben, sie machte alles selber, aber so roh, daß Paps bei jeder Berührung zusammenzuckte. Ich hätte diese Hexe in der Luft zerreißen können, aber ich war wie gelähmt.

Als sie ihn fertig verarztet hatte, setzte sie ihr falsches Lächeln auf, schob Paps aus dem Badezimmer und sagte zu mir: «Jetzt können wir uns endlich begrüßen.» Sie streckte mir ihre Hand mit den rotlackierten Spinnenfingernägeln entgegen, und ich drückte sie ganz kurz, um keinen Verdacht zu erregen. Aber ich kann dir sagen, lieber Hampel, die Hand fühlte sich kalt und glitschig an wie eine Kröte.

Paps, der natürlich wieder vergessen hatte, mich hochzuheben, ließ sich von Larissa aus der Jacke helfen und verzog das Gesicht, aber diesmal nicht wegen der Schmerzen. «Hier drin riecht's komisch», sagte er.

«Stimmt.» Larissa schnupperte, ziemlich beunruhigt, wie mir schien. «Nach Knoblauch. Und zwar penetrant.» Sie trug nicht mehr ihre öden Lederhosen, sondern einen schwarzen

Maxirock, eine blaue Jacke und einen violetten
Fransenschal, und mit all dem sah sie noch he-
xenhafter aus als beim erstenmal.

«Ich mag Knoblauch», sagte ich.

«Hab ich gar nicht gewußt», sagte Paps und
blinzelte mich vorwurfsvoll an.

In der Küche kippte Paps das Fenster nach innen, und Larissa, die sich auf ihren Platz gesetzt hatte, fächelte mit einer Zeitung den Ge-
stank von sich weg. Ich beobachtete sie genau,
sie hatte Schweißtropfen auf der Stirn, trotz
der frischen Luft, die hereinkam, und ihre
Warze leuchtete rot.

«Willst du unsern Gast nicht bedienen, Vera?»
fragte Paps. Ich beförderte mit der Zange ver-
klebte Spaghetti auf Larissas Teller. Dann goß
ich eine Menge Sauce darüber, so daß die Spaghetti darin beinahe ertranken. Wir wünsch-
ten uns guten Appetit, und Larissa schob sich
eine Gabel voll in den Mund. Ich sah, daß ihr
die Luft wegblieb, sie sagte aaah und verdreh-
te die Augen. Dann ging ein Zucken durch sie
hindurch, und sie begann zu beben, als würde
sie gleich weggeweht. «Mein Gott, das ist ja
teuflisch!»

Paps, der auch gekostet hatte, preßte die
Hand auf den Mund. Die Brille war auf seine
Nasenspitze gerutscht, und er starrte mich an

wie ein Gespenst. «Was hast du da zusammengebraut?» fragte er mit unnatürlich hohler Stimme.

«Ich habe eben mal eine kräftige Sauce gekocht», sagte ich und schielte zu Larissa hinüber. Gleich würde sie aufspringen und die Flucht ergreifen, dachte ich. Aber sie gab sich plötzlich einen Ruck und murmelte etwas in sich hinein. Dann lachte sie laut und grell: «Vera, du Gute, ich mag nichts lieber als Knoblauch und Pfeffer! Davon krieg ich gar nie genug!»

Sie beugte sich über ihren Teller und stopfte eine Gabel voll nach der andern in ihren Mund. Und als es ihr nicht schnell genug ging, half sie mit der freien Hand nach und schlabberte die Spaghetti in sich hinein, als wär's Erdbeerjoghurt. Zuletzt wischte sie mit ihrem Schal übers rot verschmierte Gesicht, so daß es noch viel schlimmer aussah, und sagte: «Na, Theo, wie wär's mit einem Schluck Rotwein? Geh, hol uns eine Flasche aus dem Keller!»

Paps hatte ihr stumm zugeschaut, und eigentlich war ich überzeugt, er werde sich beschweren und sie wegschicken, weil er's sonst nicht ausstehen kann, wenn Leute sich rüpelhaft benehmen. Aber er sagte nur: «Gute Idee!» und stand gehorsam auf. Kaum war er aus der

Wohnung, kam Rauch aus Larissas Ohren, sie lachte noch lauter, spießte mich beinahe auf mit ihren Blicken, und plötzlich züngelte eine Flamme aus ihrem Mund, knapp an mir vorbei. Ich glitt vor Schreck vom Stuhl und verkroch mich unter dem Tisch, und mein Herz hämmerte, daß man es garantiert meterweit hörte.

«Du hast gedacht, du seist mir über, du verdammte Göre, wie? Aber da hast du dich gewaltig getäuscht!» Larissa kauerte vor dem Tisch nieder, ich sah direkt in ihr Hexengesicht. Sie fauchte, und ich wich wieder der Flamme aus, die auf mich zuschoß.

«Wart nur, ich will dich kitzeln, daß dir Hören und Sehen vergeht!» Sie versuchte mich zu packen, ich wand mich von ihr weg und stieß mit dem Kopf an die Tischplatte. Vor Schmerz schrie ich auf, und das war der erste Laut, der über meine Lippen kam, seit Paps hinausgegangen war. Sie lachte, kroch mir nach, blies ihren feurigen Knoblauchatem gegen mich, und ich strampelte mit den Füßen, um sie von mir fernzuhalten. «Dein Papa», schrie sie, «gehört mir, mir ganz allein, merk dir das!» Ich schüttelte den Kopf, obschon ich halb tot war vor Angst, und betete, daß Paps endlich zurückkomme.

«Wie? Du wagst es, mir zu widersprechen?» Da
hatte sie meinen Fuß erwischt und umklam-
merte ihn. Es war, als ob tausend Eisnadeln in
die Haut stechen würden. Sie zog mich zu sich
heran, und ich hielt mich verzweifelt an einem
Tischbein fest. In diesem Moment kam Paps
mit einer Weinflasche zurück. Larissa ließ
mich los, richtete sich auf, wie wenn nichts geschehen wäre, und sagte mit ihrer süßlichen
Stimme: «Ganz schön auf Draht, dein Töchter-
chen. Wir haben gerade ein bißchen Verstecken gespielt.»
«Ach so», sagte Paps verblüfft. «Schön, daß ihr
euch so gut versteht.»
Ich kroch unter dem Tisch hervor und strich
mit zittrigen Händen meinen Pullover glatt.
Paps fragte, warum ich so bleich sei, und ich
antwortete, ich hätte mich wohl beim Spielen
überanstrengt.
Dann setzten wir uns alle drei wieder hin, ich
rutschte möglichst weit weg von Larissa, Paps
entkorkte den Wein und goß die Gläser voll.
Larissa trank und redete mit Paps über dies
und jenes, wie ein ganz normaler Mensch. Sie
erzählte von ihrer Schule und ihrem Unter-
richt, denn sie behauptet, daß sie Turnlehrerin
in der Oberstufe sei, und zwischendurch tätschelte sie Paps' Hand und tat verliebt. Ach ja,

lieber Hampel, sie spielt unheimlich gut Theater. Ich frage mich jetzt ja selber, ob ich mir all den Horror bloß eingebildet habe. Aber ich kann dir die versengte Stelle an meinem Pulloverärmel zeigen, und einen klareren Beweis gibt's ja nicht, oder?

Aber das schlimmste, lieber Hampel, habe ich dir noch gar nicht gesagt: Sie ist immer noch hier! Paps hat mich um neun ins Bett geschickt, und ich habe gehorcht, weil er die Wahrheit niemals glauben würde. Ich habe mir sogar allein die Zähne geputzt, und das ist noch nie vorgekommen, seit Mama fort ist, oder beinahe nie. Wir haben bloß zwei Reime gemacht. «Die Maus war in der Schublade», hat er gesagt. «Und biß dich in die Wade», habe ich erwidert. Darauf er: «Dann fraß sie Schokolade», ich: «Das ist wirklich schade». Und als ich weiterfahren wollte, hat er mich unterbrochen und gesagt, wie's ihn freue, daß ich so nett sei zu Larissa, und er dürfe sie jetzt nicht länger allein lassen. Danach sind sie zusammen in sein Schlafzimmer gegangen, sie haben gekichert wie kleine Kinder. Und ich bin sicher, daß sie jetzt zusammen im Bett liegen und sich küssen. Mit jedem Kuß kommt sie ihrem Ziel näher, nämlich ihn für sich zu haben und ihn vielleicht zu schrumpfen und

34

in einem Käfig einzusperren. Hexenküsse machen einen schwach und willenlos, und wer sie bekommt, glaubt, sie seien das schönste, was es gibt. Aber in Wirklichkeit sind sie feucht und stinkig und grauslich.

Hörst du, wie ich mit den Zähnen klappere, lieber Hampel? Nur wenn Fredi und ich zusammenhalten, sind wir vielleicht stärker als Larissa. Aber ich weiß nicht mehr, ob ich Fredi trauen soll. Das mit der Schnur war wirklich ein Reinfall. Wir müssen bessere Ideen haben, und ich muß so tun, als würde ich mich Larissa fügen. Dann wird sie nachlässiger und denkt, ich sei keine Gefahr mehr für sie.

4. Kapitel

Vera verschreibt sich
und will keine Transuse sein

Im Hexenlexikon steht, daß Hexen im Dunkeln sehen können wie Katzen. Darum, sagt Fredi, habe Larissa die Schnur entdeckt und Paps von hinten einen Stoß gegeben. Und ich solle endlich glauben, daß er nicht schuld daran sei. Weiter hinten steht, daß Knoblauch bei Hexen nur nützt, wenn man die Knollen in Krötenspucke tunkt und an die Haustür nagelt. Wir hätten schon vorgestern genauer nachlesen müssen! Es sind aber 436 kleingedruckte Seiten, und ich weiß nicht, ob wir's schaffen, bevor Larissa Laruss wieder kommt.
Geschlagene zwei Stunden haben wir heute besprochen, wie's weitergehen soll. Frau Koller war schon ganz beunruhigt, daß wir so viele Hausaufgaben machen müßten, und sie strich diesmal Butter und Honig aufs Knäckebrot, um Fredis Gehirn zu kräftigen. Zuerst wollte Fredi mir nicht glauben, daß Larissa Feuer gespien habe, doch ich hielt ihm den Pulloverärmel mit dem Brandloch vor die Na-

se. Und da begriff er endlich, weshalb ich heute im Diktat so schlecht war. Bei jedem Wort, das mit H anfing, wollten meine Finger Hexe schreiben, dauernd gerieten mir kleine und große x hinein, und darum schrieb ich zum Beispiel Holx statt Holz, Hoxe statt Hose und Hux statt Hut. Frau Grolimund wird ausrasten beim Korrigieren und denken, ich sei über Nacht strohdumm geworden. Aber Fredi meint, ich solle ihr sagen, ich hätte rasendes Kopfweh gehabt und mir seien die x nur so vor den Augen herumgeflimmert. In solchen Fällen werde sie ganz mitleidig, weil sie selber Migräne habe.

Irgendwann, als wir weiterlasen, tippte er mit dem Finger auf eine Stelle und rief: «Ich hab's! Wir versuchen es mit Schlangen!» Da stand nämlich, daß Hexen unter allen Tieren Katzen und Raben am meisten mögen und Schlangen am wenigsten. Denn wenn eine Hexe, gleich welcher Art, von einer Giftschlange in den großen Zeh gebissen wird, verwandelt sie sich in Stein und zerfällt nach hundert Jahren zu Staub.

Ich ekle mich vor Schlangen, aber mir bleibt nichts anderes übrig, als tapfer zu sein.

«Wir brauchen eine Schlange», sagte Fredi. «Und die lassen wir auf sie zuzischen.»

«Wie stellst du dir das vor?» fragte ich. «Wo willst du eine lebendige Schlange auftreiben? Und was passiert, wenn sie dich oder mich beißt statt Larissa?»

Fredi dachte nach und ließ – larissalarusslarissalaruss – die Eisenbahn im Kreis herumfahren. «Schlangen gibt's im Zoo. Und in Tierhandlungen. Wir könnten eine stehlen oder kaufen. Und dann legen wir sie Larissa ins Bett. Und wenn sie die Decke zurückschlägt, bekommt sie einen solchen Schreck, daß sie rückwärts aus dem Fenster fällt.»

Ich war sehr unzufrieden mit Fredis Einfällen. «Das Bett von Paps kommt überhaupt nicht in Frage», sagte ich. «Da gibt sie ihm wieder einen Stoß von hinten, und die Schlange erwischt ihn statt sie.»

«Ich meine ihr eigenes Bett, du Transuse, das bei ihr zu Hause. Du mußt bloß dafür sorgen, daß sie euch zu sich einlädt, und dann schmuggelst du das Viech unter ihre Decke.»

Wenn Fredi mich «Transuse» schimpft, werde ich ziemlich heftig. So einfach sei das nicht, widersprach ich, erstens müßten wir die Schlange haben und sie sicher transportieren, und zweitens hätten wir keine Ahnung, ob Larissa Laruss überhaupt hier in der Gegend wohne. Fredi entgegnete beleidigt, das müsse ich eben

auskundschaften. Ich sagte, er wolle mich bloß herumkommandieren und selber nichts tun, und er sagte, sein Vater bringe ja auch keine Hexe mit nach Hause.

«Hör auf mit deinem Vater», unterbrach ich ihn, «du siehst ihn ja kaum, höchstens an Wochenenden.» Fredis Vater ist nämlich Reiseverkäufer. Er fährt mit einem Musterkoffer voller Parfümflaschen herum und schläft dauernd in Hotelzimmern.

Daraufhin war Fredi blöd genug, meine Mama zu erwähnen, die ich noch weniger sehe als er seinen Vater. Und so gab ein Wort das andere, bis wir richtig miteinander stritten und uns beinahe in die Haare gerieten. Dann haben wir uns wieder versöhnt und beschlossen, daß Fredi sich bis morgen um die Schlange kümmert und darum, daß sie beißfest verpackt ist, und ich kümmere mich um den Rest.

Paps und ich hatten, wie früher, den Abend ganz für uns. Eine Weile taten wir so, als gebe es Larissa gar nicht. Wir aßen Kartoffelsalat mit Würstchen. Dann korrigierte Paps einen Stapel Hefte, und ich stand hinter ihm, bürstete seine Haare und blies die Schuppen weg, die auf seinen Hemdkragen fielen. Ich las die Wörter, die er anstrich, und manchmal erzählte Paps etwas über das Kind, das den Aufsatz

geschrieben hatte. Dazu hörten wir Musik, zuerst die Beatles, weil das Paps' Lieblinge sind, dann Nirwana, aber leiser, und zuletzt Klimperstücke mit Klavier. Und danach aßen wir eine Banane und spielten Schach. Aber ich wußte, was meine Aufgabe war. Als ich Paps mattgesetzt hatte, fragte ich, wann Larissa Laruss uns wieder besuchen würde oder ob wir nicht mal zu ihr gehen könnten.

«Wie?» Paps legte eine Hand hinters Ohr, als habe er nicht recht gehört. «So schnell? Ich habe gedacht, du brauchst viel mehr Zeit, bis du … na ja, bis du dich an sie gewöhnt hast.»

Ich schwieg und legte die Schachfiguren ins Kästchen zurück.

Er zögerte. «Sag mal, magst du sie wirklich?»

«Ich will wissen, wie's aussieht, wo sie lebt. Vielleicht heiratest du sie mal, und da …»

«Neinnein!» Paps wehrte mit beiden Händen ab. «Ich werde doch nichts überstürzen. Bis dahin dauert's noch eine Weile. Wenn überhaupt. Aber wir werden uns sicher öfter sehen, mit ihr an Wochenenden irgendwohin fahren, na ja, eben wieder ein bißchen Familie sein.»

Mir wurde wind und wehe. Sie hat ihn also schon so eingewickelt, daß er ans Heiraten denkt, und das bedeutet, daß ihm egal ist, was mit mir geschehen wird! Da hilft es nur noch,

notfalls zu lügen und betrügen, um das Schlimmste zu verhindern.

«Ich kann's kaum erwarten, daß wir mal zu ihr gehen», sagte ich. Dabei verging ich vor Angst, wenn ich daran dachte, daß sie mit ihren Spinnenfingern wieder auf mich losfahren würde.

«Es ist eigentlich gar keine üble Idee», sagte Paps. «Wir brauchen ja zwischendurch auch ein bißchen Abwechslung, nicht wahr? Larissa hat allerdings gesagt, in einer Umgebung, wo dir alles fremd sei, wär's bestimmt noch schwieriger für dich …» Er dachte nach. «Hör mal, ich ruf sie gleich an, dann sehen wir weiter.»

Sie hat also Telefonanschluß, dachte ich, da hat sie wohl auch eine Wohnung. Paps war plötzlich guter Laune, er pfiff, als er drüben in seinem Zimmer die Nummer wählte. Ich hörte durch die Wand seine Stimme. Pfeifend kam er zurück und knuffte mich in die Schulter. «Du, es klappt. Samstag um fünf. Sie freut sich auf unsern Besuch. Wir werden zusammen was Kleines essen, und nachher begleitet sie uns vielleicht auf den Rummelplatz.»

Das ist das letzte, was ich mir wünsche, auf dem Rummelplatz ist's am schönsten zu zweit. Aber ich nickte nur und fragte: «Werden wir bei ihr schlafen?» Ich mußte unbedingt wissen,

ob Gefahr bestand, daß Paps auch bei ihr in die Nähe des Bettes kommen würde.

Er nahm seine Brille ab, hauchte sie an und putzte sie mit einem der zerknüllten Papiertaschentücher, mit denen er dauernd seine Hosentaschen vollstopft. «Ich glaube kaum ... Du hast ja anderswo manchmal deine Einschlafschwierigkeiten, und da wollen wir lieber vorsichtig sein.»

Paps denkt wohl, ich hätte es gar nicht gemerkt, daß Larissa letzte Nacht bei uns blieb, er sagt nämlich kein Wort darüber. Wann sie am Morgen wegging, habe ich aber nicht gehört. Obschon ich unbedingt wachbleiben wollte, bin ich irgendwann eingeschlafen. Vielleicht ist sie ja durchs Fenster weggeflogen, bevor es hell wurde.

Bis Samstag bleiben zwei Tage. Mir wird schon jetzt schwindlig, wenn ich an diesen Besuch denke, und ich weiß überhaupt nicht, wie das alles gehen soll mit dem Schlangenverstecken und dem ganzen Drum und Dran. Ich murmle bloß die ganze Zeit vor mich hin: Du oder ich, du oder ich, und das ist ein guter Spruch, um einzuschlafen. Denkst du das nicht auch, lieber Hampel?

5. Kapitel

Vera braucht blauen Kuchenteig

Schon wieder ist ein Tag vergangen, lieber Hampel. Es hat heute ein bißchen geschneit, aber weiter habe ich keine guten Nachrichten oder höchstens halbschlechte. Fredi hat herausgefunden, daß Schlangen für uns zu teuer sind. Die billigste kostet 46 Franken, und wenn wir unser ganzes Taschengeld zusammenlegen, kommen wir auf 27 Franken und 80 Rappen. Außerdem verkaufen sie in der Tierhandlung keine Giftschlangen, an Kinder schon gar nicht. Stehlen wollen wir auch nicht, erstens wegen dem schlechten Gewissen und zweitens, weil's auf jeden Fall großen Ärger gäbe und sie uns, würden wir erwischt, ausquetschen würden, bis sie die Wahrheit wüßten. Aber die Wahrheit würden sie nicht glauben, und am Ende würden sie uns in ein Heim stecken, sowas kommt ja dauernd vor. Auch mit dem Zoo ist nichts. Da sind die Kobras und Wüstenvipern hinter dicken Scheiben, die müßten wir zertrümmern und danach die Schlange in eine Schachtel mit

Löchern stecken. Und das schafft man nicht, ohne sie zu berühren.

Eine Zeitlang waren wir ratlos, und ich schrie Fredi unter der Trauerweide beinahe an, weil ich meine Aufgabe erfüllt hatte und er seine nicht.

Doch dann hatte Fredi eine neue Idee. «Hör mal», sagte er, «der Matthias behauptet doch, er habe eine tote Blindschleiche zu Hause.»

Matthias ist einer aus unserer Klasse, den ich nicht mag. Er will immer die größten Muskeln haben und prahlt mit hundert Sachen, die meistens erstunken und erlogen sind. Die Blindschleiche sei einfach tot im Garten gelegen, hat er gesagt. Er habe sie ins Gefrierfach gelegt, damit sie nicht verfaule, und er zeige sie jedem, der ihm 50 Rappen bezahle.

«Eine Blindschleiche sieht genau so aus wie eine Giftschlange», sagte Fredi. «Wir gehen zu Matthias und lassen sie uns zeigen. Und wenn's stimmt, was er sagt, leihen wir sie aus oder tauschen sie gegen was anderes ein.»

Wir kehrten um, ohne Frau Koller Bescheid zu sagen. Als wir sahen, daß beim Schulhaus noch ein paar Grüppchen mit ältern Schülern herumstanden, trennten wir uns, und hinter der nächsten Ecke schlossen wir wieder zueinander auf. Aber Matthias sah uns gleich, trotz

44

unserer Vorsicht. In der Nebenstraße, wo er wohnt, stand er ganz allein draußen und donnerte mit dem Hockeyschläger einen Tennisball gegen das Garagentor. Als wir um die Ecke bogen, ließ er den Hockeyschläger fallen und kam grinsend auf uns zu. «Na ihr zwei, übt ihr Händchenhalten oder was?» Ich dachte, er werde nun überall herumquasseln, wir seien ineinander verliebt, aber ich ließ mir nichts anmerken.

«Hallo», sagte Fredi, «wir möchten deine Blindschleiche sehen.» Er streckte Matthias zwei Fünfzigrappenstücke entgegen.

«Ach so?» sagte Matthias. «Darum geht's? Dann kommt mal zu mir rauf.» Er holte den Schlüssel aus dem Briefkasten, und wir folgten ihm. Seine Mutter ist Verkäuferin bei der Migros und nachmittags nie zu Hause. Im Treppenhaus roch's muffig, die Wohnung, in die er uns führte, sah ziemlich schäbig aus, und in der Küche stapelte sich überall schmutziges Geschirr.

«Hat's denn noch niemand gemerkt, daß sie im Gefrierfach ist?» fragte Fredi.

Matthias schüttelte den Kopf. «Die hab ich gut versteckt. Augenblick nur.» Er öffnete den Kühlschrank, aus dem's noch schlimmer stank als bei uns, und dann das Gefrierfachtürchen.

Das Fach war vollgestopft mit angebrauchten Eispackungen und aufgerissenen Plastikbeuteln. Matthias suchte eine Weile, raschelte mit Beuteln und Kartons und hauchte die Hände an, um sie aufzuwärmen. «Warum wollt ihr sie unbedingt sehen?» fragte er.

«Nicht nur sehen», sagte ich. «Wir möchten sie ausleihen.»

«Für ein wissenschaftliches Experiment», sagte Fredi. «Aber sie wird dabei keinen Schaden nehmen, Ehrenwort.»

«Du darfst dafür sechsmal bei mir abschreiben», sagte ich.

«Bei dir?» Matthias blickte mich höhnisch an. «Du machst ja neustens mehr Fehler als ich.»

«Das wird sich wieder ändern», sagte ich wütend.

Er suchte weiter, er raschelte und raschelte, und plötzlich hatte er ein fingerlanges grünliches Ding zwischen den Fingern, mit dem er vor unsern Gesichtern herumwedelte. «Da ist sie, seht ihr? Die ist in der Kälte unheimlich geschrumpft. Tut mir echt leid.»

Zuerst grauste mir vor dem eisigen Ding, doch ich hatte einen Verdacht und schnappte es ihm weg. Und da sah ich, was es war. «Das ist eine Bohne, die du aus einem Beutel rausgeklaubt hast. Eine ganz gewöhnliche Bohne!»

Matthias zwang sich zu einem Lachen. «Euch hab ich schön reingelegt, wie?»
Fredi hatte Tränen in den Augen vor Zorn. «Weißt du, was du bist? Ein ganz gemeiner Lügner!»
Matthias streckte seinen Brustkasten heraus. «Na los, komm nur her, Dicksack, wenn du was von mir willst.»
Ich wußte, daß Fredi keine Chance gegen ihn hatte, und zwei gegen einen ist feige und nur im Notfall erlaubt. Das hier war kein Notfall, sondern Betrug.
«Laß ihn», sagte ich zu Fredi. «Komm, wir gehen.»
«Wenn ihr bleibt, kriegt ihr Vanilleeis», sagte Matthias.
Ich staunte, wie schnell er wieder friedlich geworden war. «Dein Eis schmeckt bestimmt nach Bohnen», sagte ich. «Iß es selber. Aber ich habe einen Vorschlag. Wenn du den andern nicht verrätst, daß Fredi und ich eine Bande sind, sagen wir ihnen nichts von der Blindschleiche.» Er nickte widerstrebend, streckte uns seine kalte Hand hin, und wir drückten sie beide, bevor wir gingen.
Wir waren so enttäuscht, daß wir eine Strecke lang kaum ein Wort miteinander wechselten. Doch bei der Bäckerei, als ich die Butterzöpfe

im Schaufenster sah, hatte ich eine Idee. Und Fredi fand, das sei wenigstens das Drittbeste, was wir tun könnten. Also gingen wir hinein und kauften mit unserm Taschengeld ein Kilogramm Kuchenteig.

Frau Koller war ziemlich böse, daß wir erst bei Dunkelheit heimkehrten, doch die Ausreden, die wir uns ausgedacht hatten, stimmten sie milder. Sie erlaubte Fredi sogar, noch eine Weile bei mir oben zu sein. Wir legten den Teig in eine Schüssel, schütteten Tinte dazu und kneteten ihn durch, bis er blau war. Dann rollten wir ihn über den Tisch, so daß er immer länger und dünner wurde. Es gab eine richtige Teigschlange, die an beiden Enden über den Tisch hinaushing. Wir ringelten sie zusammen, drückten den Schwanz flach und formten beim Kopf ein aufgesperrtes Maul. In das hinein steckten wir zwei Gewürznelken, und die sahen aus wie eine gespaltene Zunge.
«Täuschend echt, findest du nicht?» sagte ich zu Fredi. «Ich fürchte mich beinahe selber davor.»
Er tippte die Schlange mit dem Finger an. «Ich weiß nicht. Irgendwie ist sie zu weich und zu warm.»
«Das können wir ändern», sagte ich und dach-

te an die falsche Blindschleiche. Unser Kühlschrank hat ein ganzes Gefrierabteil mit drei
Schubladen. Wir packten die Schlange in
Alufolie ein und machten Platz für sie in der
untersten Schublade, und danach schob ich alles mögliche darüber, so daß man nichts mehr
von ihr sah.
«Morgen wird sie steinhart sein», sagte ich.
«Das ist besser als nichts.»
Es war Viertel vor sechs, Fredi beeilte sich, aus
der Wohnung zu verschwinden. Als Paps heimkam, hatte ich den Tisch sauber gemacht, aber
vergessen, meine Hände zu waschen. Paps
wunderte sich, daß sie so blau waren, und ich
erzählte irgendwas von einem Theaterstück,
das wir in der Schule spielen würden und in
dem ich ein böser Geist mit blauen Händen
sei. Ob er's geglaubt hat, weiß ich nicht, er
schaute mich seltsam an. Und dann ging er
mit mir ins Badezimmer und schrubbte meine
Hände im warmen Seifenwasser mit der kleinen Bürste, die ich hasse.
Später, als wir gegessen hatten, fragte Paps, ob
wir Larissa ein Geschenk mitbringen wollten.
Ich zögerte, und er sagte, er habe an etwas
Selbstgebackenes gedacht, ob ich mithelfen
würde, eine Nußtorte zu backen. Dafür sei's
doch jetzt zu spät, sagte ich, wir hätten kein

Mehl und keine Eier mehr im Haus. Ich
schlug vor, auf dem Weg zu Larissa einen He-
fering zu kaufen, und dabei blieb es.

6. Kapitel

Larissa saust über die Achterbahn,
und Vera fährt Taxi

Hier bin ich wieder, lieber Hampel, Samstagnacht ist's und zwölf Uhr längst vorbei. Hörst du, wie schnell mein Herz immer noch schlägt? Beinahe hätte ich's nicht geschafft, zu dir zurückzukehren. Ich bin Frau Grolimund dankbar für ihren Rat. Heute morgen fragte ich sie in der großen Pause, ob sie ein Mittel gegen Hexen wüßte. Wenn unseres wieder nichts nützt, dachte ich, dann nützt vielleicht ihres. Schließlich ist sie Lehrerin und hat einmal alles gelernt, was wichtig ist.
«Du machst wohl einen Witz?» sagte sie und runzelte die Stirn.
«Ich träume oft von Hexen», sagte ich. «Und ich will sie auch im Traum vertreiben können.»
«Du lieber Himmel, so schlecht träumst du? Wirst du denn verfolgt und gefangengenommen?»
«Manchmal. Und dann schreie ich und wache auf.»
«Und dein Vater?»

«Wenn er's hört, kommt er zu mir herüber und sagt, ich hätte bloß geträumt.»

«Da hat er recht.» Sie fingerte am violetten Seidentuch herum, das sie immer um den Hals geschlungen hat, und dachte nach. Draußen im Gang lärmten die Jungen, und aus den Augenwinkeln sah ich, daß Fredi bei der Tür zu uns hereinschaute.

«Husch, husch, hinaus mit euch!» rief Frau Grolimund und klatschte in die Hände, daß ihre goldenen Armbänder klingelten. Fredi verschwand sogleich, und der Lärm entfernte sich. Sie lächelte. «Mir ist was eingefallen. Versuch's das nächstemal mit Reimen. Das mögen Hexen gar nicht.»

«Mit Reimen?» Wußte Frau Grolimund etwa, daß ich das Reimen jeden Abend mit Paps trainierte?

«Hexen haben ja auch Namen, sogar im Traum. Du mußt einen Reim auf ihren Namen finden und ihn laut rufen, das schützt dich und treibt sie in die Flucht. Aber aufgepaßt: Wenn du den Reim dreimal gerufen hast, ist er aufgebraucht, und du mußt einen neuen finden.»

Ich bedankte mich und dachte, sie habe dieses Mittel bloß erfunden, um mich zu beruhigen. Aber vergessen wollte ich's trotzdem nicht,

und schon beim Hinausgehen suchte ich in Gedanken nach Wörtern, die sich auf «Larissa Laruss» reimen.

Paps und ich fuhren pünktlich los. Bei der Bäckerei, die noch offen war, hielten wir an. Die Heferinge waren ausgegangen, und so kauften wir einen Gugelhopf. Die Fahrt dauerte nicht mal eine Viertelstunde, aber auf meiner Brust wurde es kalt und immer kälter. Ich hatte nämlich die Teigschlange in einen Wollschal gewickelt, das Ganze in meine Bluse gesteckt und darüber meinen weitesten Pullover angezogen und dann noch die gefütterte Jacke. Paps meinte, ich sehe ziemlich aufgeblasen aus mit so vielen Schichten. Ich sagte, ich würde sonst frieren bei dieser Affenkälte. Bis zu Larissa war ich halb erfroren und hatte das Gefühl, meine Brust sei zu Eis geworden, aber ich ließ mir nichts anmerken.

Larissa wohnt in einem komischen leeren Haus, oben im Dachgeschoß, und ihre Möbel sehen neu und ungebraucht aus. Sie begrüßte uns überfreundlich, gab Paps Küßchen links und rechts, und ihr Händedruck ging mir durch Mark und Bein. Sie war ganz geblümt, mit einer geblümten Bluse und einem geblümten Jupe, die Wimpern hatte sie grün ge-

tuscht, der Mund war beinahe violett, und die Warze hatte sie dick überpudert. Echt scheußlich! Ich sagte, ich müßte gleich mal aufs Klo. «Ach ja, Mädchen in deinem Alter haben oft eine schwache Blase», sagte sie spöttisch und zeigte mir die richtige Tür. Ich schloß hinter mir ab, ich holte die Schlange unter der Bluse hervor und wickelte sie aus dem Schal und der Alufolie. Unter einem kleinen Schrank, wo auch ein paar Vasen standen, fand ich ein Versteck. Dorthin schob ich die Schlange fürs erste und dachte, der Rest werde sich später ergeben. Ich rieb meine eisige Brust, bis sie zu prickeln begann, und ich sah im Spiegel mein Gesicht, das viel bleicher war als sonst. Mir fiel auf, daß auch das Badezimmer unbenutzt aussah. Im Zahnglas stand eine einzige Zahnbürste, und die war noch in der Plastikhülle drin! Ich drückte zweimal auf die Spülung und ging wieder, Jacke und Schal über dem Arm, zu ihnen hinaus.

«Merkwürdig», sagte Larissa und musterte mich scharf. «Hattest du vorhin auch einen Schal bei dir?»

«Natürlich», sagte ich und spürte, daß ich errötete.

«Na gut, häng das Zeug irgendwohin», sagte sie.

54

Paps überhört es jedesmal, wenn sie so flapsig mit mir spricht; vielleicht verstopft sie in solchen Momenten seine Ohren. Wir setzten uns an den Tisch, der nach Leim und Lack roch. Zuerst gab's Pizza, die war ganz schlabbrig und überhaupt nicht knusprig. Meine schmeckt mindestens zehnmal besser. Danach packte Larissa den Gugelhopf aus und sagte, sie wolle ihn noch ein bißchen verbessern. Sie streute irgendwas Stinkendes darüber und schnitt Stücke, die sie auf riesige Teller legte. Dann goß sie etwas Giftgrünes in winzige Tassen und sagte, das sei Pfefferminztee aus Marokko.

Paps aß und trank mit geschlossenen Augen und sagte: «Himmlisch, Larissa, himmlisch!» Sie muß ihn schon fast ganz verhext haben, denn ich kann dir sagen, lieber Hampel, der Gugelhopf war total ungenießbar, schlimmer als Hundescheiße, und der Tee war kein Tee, sondern irgendwas zwischen Jauche und Kotze, ich roch nur daran und rührte Tasse und Teller nicht mehr an.

«Na wird's», mahnte Larissa, «iß jetzt, oder willst du verhungern?»

Ich schüttelte den Kopf, sie verzog wütend den Mund, und Paps lächelte sie an, als wäre er Smiley persönlich. «Laß sie nur. Sie achtet wohl schon auf ihre Linie.»

Dieser Scherz machte mich nur noch trotziger,
und ich schrie Paps innerlich an, er solle endlich merken, was los sei. Aber er merkte nichts.
Während sie weiterredeten, fragte ich mich,
wo Larissa wohl schlafe. Ich sah von meinem
Platz aus eine geschlossene Tür, und hinter
der vermutete ich ihr Bett. Oh, Hampel, ich
mußte klug und listig sein wie noch nie, und
doch hat es nichts genützt.
Nach dem Imbiß gingen wir tatsächlich auf
den Rummelplatz, und da hatte ich mir schon
meinen Plan zurechtgelegt.
«Ich liiiebe Rummelplätze», rief Larissa. «Und
hoffentlich du auch, kleine Vera. Wir werden
zusammen mit der Geisterbahn fahren, nicht
wahr? Und dann hopp hopp mit der Achterbahn, daß es unsere Knochen richtig durch-
einanderschüttelt, wie?»
Paps lachte wie von Sinnen und gab ihr einen
Kuß auf den Nacken, und ich schwieg und
dachte an die Schlange im Badezimmer.
Paps und Larissa saßen im Auto auf den Vor-
dersitzen. Ich sah, wie er manchmal seine
Hand auf ihr Knie legte, und hörte, daß sie
dabei schnurrte wie eine Katze. Einmal, als sie
an seinen Haaren zupfte, fuhr er beinahe ne-
benraus, und sie riß im letzten Moment das
Steuer herum, so heftig, daß ich gegen das

56

Fenster fiel und schrie: «Paß auf, du Dumm-
kopf!» Aber auch das hörte er nicht.
Larissa hatte ihre Handtasche, so ein glitzriges
Krokodillederdings, neben sich zwischen die
beiden Sitze gestellt. Wegen des Rucks rutschte
die Tasche weiter nach hinten, und das war
gut für mich. Ganz langsam schlüpfte ich mit
meiner Hand hinein und tastete darin herum,
und als ich Larissas Schlüssel gefunden hatte,
zog ich sie heraus, ohne daß sie's merkte. Auch
Hexen merken zum Glück nicht alles.
In der Nähe des Rummelplatzes standen überall Autos, und wir parkten an einer Stelle, wo's
verboten war. Schon beim Aussteigen hörten
wir den Lärm vom Rummelplatz, und je näher
wir kamen, desto lauter wurden die Musik
und das Geschrei. Paps und Larissa gingen,
Hand in Hand, voraus. Ich ging, mit den
Schlüsseln in der Jackentasche, zwei Schritte
hinter ihnen her. Dann waren wir dort, und
um uns herum drängten sich so viele Leute,
daß ich Paps und Larissa aus den Augen verlor. Als ich sie wieder gefunden hatte, standen
sie vor der Achterbahn. Grüne und blaue
Lichter zuckten über ihre Gesichter.
«Kommst du mit?» schrie mir Paps ins Ohr.
Ich schüttelte den Kopf.
«Laß sie doch!» Larissa zog ihn mit sich zur

Kasse, sie reihten sich in der Warteschlange ein, und dann sah ich sie an mir im Wagen vorüberflitzen. Wenn die Bahn in eine Kurve bog oder in die Tiefe schoß, schrie Larissa am lautesten von allen. Beim zweiten oder dritten Durchgang war sie aufgestanden, ihre Haare wehten, und sie breitete die Arme aus, als ob sie den Leuten zujubeln würde. Der Mann bei der Kasse schrie ihr zu, ob sie eine Selbstmörderin sei oder was, doch sie lachte ihn bloß aus. Er hielt die Bahn ihretwegen an, sie sprang heraus und kam, Paps hinter sich herziehend, zu meinem Platz zurück.

Paps lächelte benommen, rollte den Ärmel zurück und zeigte mir ein rotes Mal auf seinem Unterarm. «Schau nur, Larissa war so aufgeregt, daß sie mich richtig gekniffen hat.»

«Ich treib dem Theo bloß die Wehleidigkeit aus», sagte Larissa. «Das hätte schon längst jemand tun sollen, wie?» Und sie kniff ihn gerade nochmals.

«Hör auf damit», sagte ich zu Larissa.

«Willst du mir Vorschriften machen, kleine Vera?» erwiderte sie, und ihre Augen funkelten gefährlich. Sie ließ Paps los und packte meinen Arm, und ich spürte den Druck ihrer Finger durch Jacke und Pullover hindurch. «Nun, wie ist's jetzt mit der Geisterbahn? Oder

magst du lieber auf Püppchen schießen oder
den Lukas hauen?»
«Ich kann nicht», sagte ich, «mir ist schlecht.»
«Wovon denn?» Ein bißchen Besorgnis für
mich hatte Paps doch noch bewahrt. Wenn mir
schlecht wird, ist er immer am besorgtesten.
«Ich hab Laura aus meiner Klasse gesehen»,
sagte ich, «und sie hat mir von ihrer Zuckerwatte gegeben. Bloß ein paar Fäden zum Pro-
bieren.»
Von Zuckerwatte, davon ist Paps überzeugt,
wird einem schlecht, darum darf ich nie welche haben. Sein Gesicht verfinsterte sich. «Und
du hast das Zeug tatsächlich gegessen?»
Ich nickte.
«Dann bist du selber schuld.»
Ich blickte so krank und schwach drein, wie
ich konnte, und ich sah, daß die Besorgnis in
seinem Gesicht wieder stärker wurde.
«Ich will heim», sagte ich.
«Daran denkt hier niemand, meine Liebe»,
sagte Larissa. «Geh auf die Toilette und er-
brich dich, dann ist alles wieder gut.»
«Setz mich bitte in ein Taxi», sagte ich zu Paps,
«das bringt mich nach Hause, und ihr zwei
bleibt hier und amüsiert euch.»
Paps' Blicke wanderten unentschlossen zwischen mir und Larissa hin und her.

«Versprich einfach, daß du spätestens um zehn Uhr zurück bist», sagte ich. «Solange macht mir das Warten nichts aus. Ich muß mich jetzt bloß hinlegen.»

«Und wenn du einen Arzt brauchst?» fragte er.

«Ach, Quatsch», rief Larissa. «Das bißchen Übelkeit wird ihr rasch vergehen. Und sonst kennst du ja die Notrufnummer», wandte sie sich an mich. «Oder etwa nicht?»

Ich nickte, griff mir mit der Hand an die Stirn und tat so, als würde ich gleich umsinken. Das gab wohl den Ausschlag für Paps. Sie führten mich vom Rummelplatz bis zu den Taxis, die am Straßenrand standen.

Mein Fahrer half dabei, mich auf den Hintersitz zu betten. Ich stöhnte ein bißchen, und der Fahrer sagte, vielleicht wäre es besser, mit mir gleich ins Krankenhaus zu fahren. Aber ich widersprach, und so nannte Paps dem Fahrer unsere Adresse und zahlte im voraus. Bevor das Taxi wegfuhr, klopfte er an die Scheibe, öffnete nochmals die Tür und fragte, ob er nicht doch mitkommen solle.

Ich schüttelte den Kopf.

«Also gut, dann laß ich dir deinen Willen.» Er lächelte unglücklich, der Fahrer gab Gas, und Paps winkte mir zu, während Larissa neben ihm stand. Sie hatte den Arm um ihn gelegt,

als wolle sie ihn zerquetschen. War es nicht leichtsinnig, ihn mit ihr allein zu lassen? Aber mir blieb keine andere Wahl, wenn ich unsern Plan ausführen wollte, und bei Hexen, lieber Hampel, nützt ja nur das Allergräßlichste.

Siebtes Kapitel

Vera erfindet nützliche Reime

Kaum lag der Rummelplatz hinter uns, sagte ich dem Fahrer, die Adresse, die er gehört habe, sei falsch. Mein Vater vergesse dauernd, daß wir letzte Woche umgezogen seien. Und dann nannte ich ihm die Straße, an der Larissas Wohnung liegt, und die Hausnummer, die ich mir gemerkt hatte. Der Fahrer warf mir im Rückspiegel einen tadelnden Blick zu und sagte, in diesem Fall würde die Fahrt eigentlich mehr kosten. Doch bei der nächsten Kreuzung wendete er, fuhr eine Strecke zurück und bog in die richtige Straße ein. Er begleitete mich sogar in den dritten Stock hinauf, bis vor Larissas Wohnungstür. Um ihn nicht zu enttäuschen, stützte ich mich auf seinen Arm und stolperte bei jedem Treppenabsatz. Oben probierte ich zwei Schlüssel aus, mit dem dritten klappte es, und ich sagte dem Fahrer, er könne mich jetzt allein lassen, er sei sehr nett gewesen. Kopfschüttelnd ging er die Treppe hinunter, und ich betrat Larissas Wohnung. Es war mir viel unheimlicher als zwei Stunden vorher.

Ich ging auf den Zehenspitzen, und trotzdem knarrte der Parkettboden im Gang bei jedem Schritt. Alles erschreckte mich, sogar der Mantel, der am Garderobenständer hing. Es roch nicht mehr nach Leim, sondern nach verfaulten Eiern, und ich hatte das Gefühl, in dieser Luft ersticken zu müssen. Aber die Neugier war stärker als meine Angst, und so spielte ich erst eine Weile Detektiv. Das war ziemlich blöd von mir, gleich erfährst du warum, lieber Hampel. In der Tischschublade lag eine Schachtel, darin waren Fotos von Männern, und ihre Gesichter waren alle zerkratzt oder zerstochen. Zuunterst im Stapel war ein Foto von Paps, noch unzerkratzt, auf der Hinterseite stand: Für Larissa, in Liebe Theo. Ohne zu überlegen, steckte ich das Foto in die Innentasche meiner Jacke. Wer weiß, was sie damit sonst alles anstellen würde!

Der Küchenschrank war beinahe leer; nur auf einem einzigen Tablar standen drei Fläschchen ohne Etiketten. Eines schraubte ich vorsichtig auf. Es stank nach Ziegenmist und alter Käserinde. Mir wurde beinahe schlecht davon, und ich stellte das Fläschchen gleich wieder zurück. Zuletzt ging ich ins Schlafzimmer. Dort standen Bett, Stuhl, ein Schrank und ein Fernseher, und in einer Ecke war ein großer Besen,

einer mit langem Stiel und einem gelben Stroh-
wisch. Furchtbar borstig sah er aus, lieber Hampel, und du weißt ja wohl, was ich für einen
Verdacht hatte. Aber statt den Besen näher zu
untersuchen, ging ich endlich ins Bad und holte die Schlange hervor. Sie war schon ziemlich
aufgetaut und feucht. Ich brachte sie rasch
hinüber ins Schlafzimmer, hob die Bettdecke
und legte sie darunter. Es sah zum Fürchten
aus, und noch grauslicher war, daß sich rund
um die Schlange sogleich ein blauer Fleck bil-
dete. Gerade als ich die Decke wieder glatt-
strich, hörte ich hinter mir die Tür gehen, danach rauschte es, und gleichzeitig spürte ich einen kalten Hauch im Nacken. Ich fuhr herum
und wäre am liebsten im Boden versunken.
Unter der Tür stand Larissa Laruss im schwarzen Mantel. Sie versperrte den Ausgang und
stieß ein gräßliches Lachen aus.
«Hab ich mir's doch gedacht!» schrie sie. «Du
willst mich an der Nase herumführen, wie?»
Sie kam auf mich zu, mit krallig ausgestreck-
ten Händen, und ich flüchtete hinters Bett. In
ihrem Gesicht zuckte es vor Wut, und die
Warze am Mundwinkel glühte. «Du hast mir
den Schlüssel gestohlen, wie? Ich hab's zum
Glück rechtzeitig gemerkt. Bin darum wie der
Wind zurückgerast.»

«Wo ... wo ist Paps?» stotterte ich.

Sie lachte noch lauter. «Dein lieber Papa sitzt auf dem Karussell und fährt ringsherum. Habe ihm die richtigen Worte gesagt, damit er stillhält. Aber du, kleine Vera, was führst du im Schilde? Was hast du an meinem Bett herumgefummelt?» Sie riß mit einem Ruck die Decke zurück. Als sie die Schlange sah, schrie sie auf und wich zurück, und ich dachte schon, jetzt werde sie rücklings aus dem Fenster stürzen. Doch sie faßte sich blitzschnell, sie rasselte einen unverständlichen Spruch herunter und zeigte mit spitzem Finger auf die Schlange. Ich spürte es heiß werden ringsum, die Schlange verlor ihre Form, wurde breiig, zerfloß. Larissa näherte sich wieder dem Bett, tunkte einen Finger in den blauen Brei und roch daran. «Teig, wie? Teig und Tinte!» Ihr Lachen wurde immer höhnischer und böser. «Mit Teig und Tinte hast du mich besiegen wollen! Aber falsche Schlangen haben keinen Glitzerblick, und daran erkennt man sie sogleich.»

Sie schob den Fernseher weg, der ihr im Weg stand, sie packte das Bett an der Breitseite, stemmte es in die Höhe und drückte es langsam gegen mich. «Du mußt noch viel lernen, kleine Vera. Erstens, daß dein Vater mir gehört. Mir ganz allein. Und zweitens, daß ei-

nem der Schnauf ausgeht, wenn man's mit Larissa aufnimmt.» Sie drückte die Bettkante gegen meinen Bauch, so daß ich zwischen der Wand und dem Bett gefangen war und kaum noch atmen konnte. «Und jetzt? Vorhin haben wir ein wenig Hitze gebraucht. Aber Kälte ist viel besser, wie?»

Rund um meinen Kopf wurde es eisig, von der Decke herunter fiel Schnee und puderte mein Haar, und ich glaubte schon, ich müsse ersticken oder erfrieren. Da fiel mir Frau Grolimunds Rat wieder ein.

«Jetzt ist Schluß, Larissa Laruss!» stieß ich mit letzter Kraft hervor.

«Wie? Was sagst du da?» Sie ließ das Bett fallen, ich schob es von mir weg und hatte wieder genug Atem, um den Spruch laut und deutlich zu wiederholen: «Jetzt ist Schluß, Larissa Laruss!»

Sie griff sich an die Stirn und stöhnte: «Hör auf zu reimen, du dummes Ding! Deine Reimerei bringt mich ganz durcheinander!»

«Friß Asche und Ruß, Larissa Laruss!» schrie ich ihr ins Gesicht und kam langsam hinter dem Bett hervor.

«Nein! Nein! Welche Pein!» Sie wollte sich auf mich stürzen, aber sie torkelte, wie wenn sie betrunken wäre, drehte sich um sich selber,

66

stolperte und fiel aufs Bett, in den blauen Brei
hinein.

«Niemand will einen Kuß von Larissa Laruss!»
reimte ich, und da war ich schon draußen im
Gang und beinahe bei der Wohnungstür und
hörte Larissa hinter mir jammern: «O je, o je,
Reimen tut weh!» Aber sie schien sich aufge-
rafft zu haben, denn ich hörte ein Schlurfen
und Poltern, gerade als ob der Besen umgefal-
len wäre, und ich machte, daß ich zur Tür hin-
auskam.

Achtes Kapitel

Vera verpaßt ihrem Vater ein Gipsbein, und die Polizei staunt

So schnell bin ich noch nie ein Treppenhaus hinuntergerannt, lieber Hampel. Ein Wunder, daß ich mir nicht beide Beine brach. Dann war ich drunten auf der Straße, es war Nacht, und ich rannte weiter, in irgendeine Richtung. Autos hupten und blendeten mich mit ihren Scheinwerfern, ein Hund kläffte mich an, ein Mann versuchte mich aufzuhalten, doch ich rannte, bis mir schwarz vor den Augen wurde. Dann lehnte ich mich an einen Laternenpfahl, und als ich die Augen wieder öffnete, war ich beim Eingang zum Stadtpark. Von dort aus kenne ich den Heimweg, denn früher bin ich mit Mama und Paps am Sonntag manchmal zum Stadtpark spaziert, und wir haben die Enten im Teich mit altem Brot gefüttert. Ein paar Leute, die vorübergingen, schauten mich merkwürdig an, doch es gab keine Larissa weit und breit. Und ich ging weiter, einfach den Tramschienen entlang, wie mir Paps mal erklärt hatte, über die große Brücke, am Museum

vorbei, und dann nochmals geradeaus. Und die ganze Zeit suchte ich nach weiteren Reimen, mit denen ich mir Larissa, falls sie wieder auftauchen sollte, vom Leib halten konnte. Als ich schon glaubte, ich hätte es geschafft, hielt ein Polizeiauto neben mir an, der Fahrer kurbelte die Scheibe herunter und fragte, was ich um diese Zeit auf der Straße verloren habe. Beinahe hätte ich eine gereimte Antwort gegeben, doch dann sagte ich, mein Vater hätte mich hinausgeschickt, um beim Automaten Zigaretten zu holen.

«Und warum geht dein Papa nicht selber hinaus?» fragte der Polizist.

«Er hat beim Schlittschuhlaufen ein Bein gebrochen», erwiderte ich. «Und jetzt sitzt er zu Hause mit einem Gips.»

«Und warum schickt er nicht deine Mama zum Automaten?» fragte der zweite Polizist.

«Meine Mama ist in London.»

Die beiden Polizisten schauten einander an. Der erste nickte, und der zweite sagte: «Dann beeil dich mal schön. Sollen wir dich mitnehmen?»

«O nein, ich wohne ja gleich hier.» Ich deutete auf unsern Block, den man hinter Tannen und Birken sah.

Endlich fuhren sie weiter, aber nur im Schritt-

tempo, und ich merkte genau, wie sie beobachteten, was ich tat. Sie folgten mir, bis ich das Haus erreicht hatte und die Eingangstreppe hinaufging, da waren sie zufrieden und fuhren im Rückwärtsgang das Sträßchen zurück. So bekamen sie zum Glück nicht mit, daß die Haustür schon geschlossen war und ich bei Kollers läuten mußte. Frau Koller fragte über die Gegensprechanlage, wer draußen sei. Als sie meine Stimme erkannte, drückte sie auf den Knopf. Ich hörte den Summton, stieß die Tür auf und holte den Ersatzschlüssel aus unserm Keller, der dort in einem alten Schuh versteckt ist.

Im zweiten Stock streckte Fredi den Kopf zur Tür heraus und schaute mich fragend an. «Später», flüsterte ich, «es war schrecklich!» Gleichzeitig rief Frau Koller von drinnen: «Fredi, geh jetzt endlich ins Bett!»

Bei uns oben begann ich plötzlich zu zittern und mir Sorgen um Paps zu machen. Ich wusch mir die Hände, die irgendwie nach Hexe rochen, ich räumte mein Zimmer auf, ich trank Orangensaft, ich stellte den Fernseher an und wieder ab. Es wurde neun und halb zehn, immer stärkere Sorgen machte ich mir, und immer noch kam Paps nicht zurück. Ich dachte schon daran, wieder auf die Straße hin-

unterzugehen und mich von der Polizeistreife aufgreifen zu lassen. Ich hätte sie gebeten, mich zum Rummelplatz zu fahren, wo sich mein beschwipster Vater herumtreibe. Aber wenn's die gleiche Streife gewesen wäre wie beim ersten Mal, hätten sie mich bestimmt gefragt, wie das geht, wenn ein Mann mit Gipsbein sich auf dem Rummelplatz vergnügt. Und so ließ ich den Plan wieder fallen und saß einfach da und wartete und hoffte, daß nicht plötzlich Larissa ans Fenster klopfen würde.

Dann fiel mir das gestohlene Foto ein. Ich klaubte es aus der Jackentasche und schaute es lange an. Paps war jünger darauf als jetzt, er hatte einen traurigen Blick, und ich begann mit ihm zu reden, wie wenn er da wäre. Ich sagte ihm, er dürfe nicht so lange wegbleiben, wie's ihm passe, er müsse sich um mich kümmern. Und weil er die ganze Zeit stumm blieb, wurde ich allmählich wütend und redete immer lauter.

Um zwanzig nach zehn kam er endlich heim. Ich hatte gerade noch Zeit, das Foto in den Brotkasten zu stecken. Paps wirkte erschöpft, er hatte eine rote Nase vor Kälte und ganz zerzauste Haare. Ich weinte und lehnte den Kopf an seine Schulter, und er tröstete mich und

71

sagte, alles sei nun wieder gut. Aber das Verrückte ist, lieber Hampel, Paps kann sich an beinahe nichts erinnern. Ja, sagte er, Larissa sei weggegangen aus irgendeinem triftigen Grund, und er sei – da lachte er verlegen – ein bißchen Karussell gefahren. Nachher sei ihm schwindlig gewesen, und er habe sich in der Stadt verirrt, was ihm noch nie passiert sei, aber freundliche Leute hätten ihm geholfen, den Heimweg zu finden.

Wir tranken in der Küche Lindenblütentee, und Paps goß ein wenig Rum in seine Tasse. Plötzlich legte er den Kopf auf die Arme und schlief ein. Ich hatte das Gefühl, daß ich ihn bewachen müsse, und darum drehte ich zweimal den Schlüssel an der Wohnungstür und prüfte nach, ob alle Fenster geschlossen seien. Bis um elf hörte ich in meinem Zimmer Musik, aber nicht so laut wie sonst. Da bin ich ja schon neben dir auf dem Bett gelegen, lieber Hampel, und du hast mitgehört. Einmal klingelte das Telefon. Ich dachte, Paps werde aufwachen und sich melden, aber das tat er nicht. Und ich ließ es weiterklingeln, bis es von selber aufhörte. Und einmal – das war noch schlimmer – läutete die Türglocke, ich ging zur Gegensprechanlage und fragte, wer da sei, doch ich hörte nur Rauschen und Knistern.

Paps schlief immer noch. Ich dachte, er könne nicht die ganze Nacht in der Küche bleiben, und rüttelte ihn an der Schulter, um ihn zu wecken. Er fuhr zusammen, schnaufte laut durch die Nase und starrte mich erschrocken an.

«Wo ... was ...?» fragte er.

«Du hast jetzt eine Stunde lang hier gesessen und geschlafen», sagte ich.

«Ach so.» Er nahm seine Brille ab, putzte sie mit dem Hemdsärmel, setzte sie wieder auf. «Nun ja, ich bin hundemüde.»

«Paps», sagte ich und setzte mich ihm gegenüber auf den Stuhl, «du darfst Larissa Laruss nicht wiedersehen.» Ich weiß nicht, warum ich's ausgerechnet jetzt sagte, aber ich konnte nichts dagegen machen, die Wörter rutschten mir einfach heraus, und das weckte Paps endgültig.

«Wie?» Er machte eine Grimasse, wie wenn er gleich niesen müßte. «Ich habe gedacht, du magst sie.»

«Jetzt nicht mehr.»

«Warum denn?»

«Einfach so. Sie will dir ... uns schaden.»

«Schaden? Womit?» Er setzte sich gerade hin und zog die Augenbrauen zusammen.

«Das kann man fühlen. Und ich fühle es.»

Er nahm meine Hand zwischen seine beiden Hände und schaute mich aufmerksam an. «Hör mal, Vera, ich fürchte, das wird echt schwierig zwischen uns. Ich habe doch das Recht, eine Frau, die ich mag, hin und wieder zu treffen. Oder willst du mich abends in unserer Wohnung einsperren?»

Gib bloß acht, hätte ich am liebsten gesagt, sonst bist du am Ende wirklich eingesperrt, aber nicht hier, sondern in einem Käfig. Aber ich schwieg, denn er hätte mir nicht geglaubt.

«Findest du denn», fuhr Paps nach einer Pause fort, «daß ich zu wenig Rücksicht auf dich nehme?»

«Eigentlich schon», antwortete ich, nur um irgendwas zu sagen.

«Möchtest du vielleicht, daß ich ganz genau mit dir bespreche, wann sie uns besuchen darf? Und daß du sozusagen ein Vetorecht hast?»

«Was ist das?»

«Das Recht, nein zu sagen, wenn's dir darum ist.»

«Ich will aber, daß sie gar nie mehr kommt.»

Er räusperte sich, und ich sah den roten Fleck auf seinem Hemdkragen. Das konnte Tomatensauce sein oder auch Lippenstift.

«Hör zu, Vera, sei bitte vernünftig.» Seine

74

Stimme wurde immer angespannter. «Wir müssen doch irgendwie einen Kompromiß finden. Du mußt mir entgegenkommen wie ich dir. Anders kann man nicht zusammenleben.» Und als ich schwieg, fügte er hinzu: «Ich bin nun mal geschieden, Vera. So ist das, und das tut uns zwischendurch beiden weh. Aber ich brauche eine erwachsene Frau in meinem Leben, und die will ich selber auswählen.»

«Aber nicht Larissa Laruss», sagte ich und biß mir beinahe die Zunge ab, um nicht zu verraten, daß sie eine Hexe sei. Hätte ich's gesagt, wäre Paps aufgestanden und davongelaufen.

«Ich habe allmählich den Verdacht», sagte er, «daß du mit jeder andern Frau Mühe hättest. Mit jeder, die nicht aufs Haar deiner Mutter gleicht.»

«Das ist nicht wahr!» Ich wollte in mein Zimmer rennen, aber er hielt mich am Arm fest und zog mich an sich. Und ich roch sein Rasierwasser und das frischgewaschene Hemd und schluchzte noch stärker. Und er flüsterte in mein Ohr, auch ihm tue es doch furchtbar leid, wie alles gekommen sei. Aber er und Mama hätten sich wirklich nicht mehr vertragen, und da sei's besser gewesen, irgendwann einen Strich zu ziehen, statt sich ständig zu streiten. Das hat er mir schon oft gesagt, aber irgend-

wie nützte es doch, ich wurde ruhiger und dachte eine Weile gar nicht mehr an Larissa. Paps trug mich hinüber ins Bett, er sang mir ein Lied, und wir machten Reime wie jeden Abend. Aber kaum war ich allein, fiel mir Larissa wieder ein.

Neuntes Kapitel

Vera will auswärts schlafen, und Fredi hat eine rauchige Idee

Zwei Tage bin ich nicht mehr hier gewesen, lieber Hampel. Beinahe wärst du verbrannt, und wenn es dich nicht mehr gäbe, wäre ich schuld daran. Am besten beginne ich dort, wo Paps mir sagte, er wolle Larissa wiedersehen. Das war eine Woche nach meiner Flucht aus ihrer Wohnung. Er hatte Larissa bis dahin nie mehr erwähnt und war sehr freundlich zu mir gewesen. Ich hatte schon gehofft, er habe sie vergessen. Und trotzdem hatte ich mit Fredi dauernd über Larissa gesprochen, denn ich traute dem Frieden nur halb.

Es war Donnerstagabend. Paps hatte seine Hefte korrigiert und eine Geographiestunde vorbereitet, ich hatte neben ihm auf dem Teppich eine Partie Schach gegen mich selber gespielt. Und dann kam's wie ein Blitz aus heiterem Himmel.

«Hör mal», sagte er. «Ich bin's mir einfach schuldig, Larissa zu uns einzuladen.»

«Was soll das heißen?» fragte ich, und mein Puls begann sogleich zu rasen.

77

«Nun.» Er zögerte und rollte einen Bleistift auf dem Schreibtisch hin und her. «Ich schulde es meinem Selbstgefühl, daß ich dir gegenüber nicht einfach klein beigebe. Und ich schulde es dir und Larissa, daß wir den Konflikt gemeinsam austragen.»

Manchmal redet Paps so hochgestochen, daß ich nur noch die Hälfte verstehe. Ich saß auf dem Teppich und schaute fragend und ziemlich böse zu ihm auf.

«Weißt du», fing er nochmals an, «ich lade Larissa ein, damit wir gemeinsam über unsere Probleme sprechen. Dann wird sie dich besser verstehen und du sie auch.»

Ich hasse es, gemeinsam über Probleme zu sprechen. Das haben wir auch mit Mama und diesem Psychoheini gemacht. Und was kam dabei heraus? Am Ende der Stunde hat Mama geweint, Paps war ganz versteinert, und ich wußte nicht mehr, wo mir der Kopf stand.

«Ich will aber nicht dabei sein», sagte ich. «Wenn du sie einlädst, ziehe ich aus.»

«Ist das eine Drohung?» Paps zwinkerte und begann nervös auf seinem Stuhl zu wippen.

«Ich kann ja Frau Koller fragen, ob ich bei ihnen schlafen darf.» Das hatte ich schon ein paarmal gemacht, als Paps Weiterbildung hatte und auswärts übernachtete.

Er zögerte; doch dann stimmte er zu. «Vielleicht ist das gar nicht so schlecht. Wenigstens für dieses eine Mal. Dann sind wir beide weniger belastet.»
Ich nickte und räumte die Schachfiguren in die Schachtel zurück. Natürlich wollte ich Paps nicht im Stich lassen. Aber Larissa würde glauben, sie habe mich vertrieben, und sich schon als Siegerin fühlen. Das war ein Vorteil für Fredi und mich.
«Also gut», sagte Paps, «geh mal fragen. Aber ich schicke dich nicht weg. Ist das klar?»
«Klar wie Wurstsuppe. Ich mach's freiwillig.»
Ich streckte drei Finger hoch.
«Glaub mir doch, Vera», sagte Paps mit seiner Schmeichelstimme. «Larissa will dir nichts wegnehmen. Ich bin und bleibe dein Vater.»
Hast du eine Ahnung, dachte ich und ging hinunter zu Kollers. Fredi war schon in seinem blaugestreiften Pyjama und mußte gerade gurgeln, weil er Halsweh hatte. Frau Koller bat mich in die Küche, ließ aber die Tür offen, um Fredi im Auge zu behalten. Sie verdächtigt ihn immer, daß er gar nicht richtig die Zähne putzt, sondern bloß die Bürste naß macht.
Mein Vater, sagte ich, wolle sich morgen abend einmal ungestört mit seiner Freundin aussprechen. Ich könne aber einfach nicht einschla-

fen, wenn ich Stimmen von nebenan höre,
und deshalb wäre ich unheimlich froh, bei
Kollers auf dem Sofa schlafen zu dürfen.
Frau Koller schaute mich forschend an. «Warum
trifft dein Vater seine Freundin nicht anderswo?
Du wärst jetzt ja groß genug, es ein
paar Stunden allein auszuhalten, oder nicht?»
«Er findet's eben viel gemütlicher zu Hause»,
erwiderte ich rasch. «Und ich will ihm einen
Gefallen tun.» Als ich sah, daß sie zögerte, fügte
ich hinzu: «Sie können das natürlich dazurechnen.»
Paps gibt nämlich Frau Koller Geld
dafür, daß sie mittags manchmal für mich
kocht. Die Nächte mit Frühstück berechnet sie
extra. Ich weiß, dass sie's lieber umsonst machen
würde, aber Fredi sagt, sie müsse am Monatsende
immer sparen, und deshalb will ich
nicht, daß sie sich ausgenützt vorkommt.
Frau Koller lächelte. «Also gut. Du gehörst ja
schon beinahe zur Familie. Glücklicherweise ist
morgen mein Mann nicht da, sonst hätten wir
zu wenig Platz.»
Ich dankte und ging erleichtert nach oben.

Am Freitag nach der Schule redeten Fredi und
ich uns wieder die Köpfe heiß. Was konnten
wir tun, um Larissa loszuwerden? Die Schlange
und der Knoblauch hatten nichts genützt,

nur die Reime. Aber wir zweifelten, ob das auf die Dauer reichen würde, denn die sieben Reime, die es auf Larissa Laruss gab, würden schnell aufgebraucht sein. So suchten wir weiter im Hexenlexikon, und Fredi kam darauf, daß wir's unbedingt noch mit Weihrauch versuchen sollten. Weihrauch ist etwas Frommes, und davor flüchten Hexen in panischer Angst. Ich wußte gar nicht, was Weihrauch ist, aber Fredi wußte es, denn er ist katholisch, und ich bin nichts, weder katholisch noch protestantisch. Ich müsse selber mal wissen, was ich sein wolle, hat Paps mir erklärt. Also, Weihrauch gibt's, wenn man was Wohlriechendes verbrennt, ein Harzklümpchen oder so. Das zündet der Priester im Weihrauchkessel an, und den schwenkt er, damit sich der Rauch in der Kirche verteilt und ihn alle riechen können.

Wir hatten nur noch den Samstagnachmittag, um uns Weihrauch zu beschaffen. Am Abend wollte Larissa kommen, und da mußten wir bereit sein, sie auszuräuchern. Das Weihrauchharz, sagte Fredi, würde man in der Sakristei aufbewahren. Das ist ein Raum, der zur Kirche gehört und wo all die Kleider hängen, die der Priester trägt. Fredi ist auch schon mal Ministrant gewesen, da mußte er dem Priester in einem weißen Engelskleid bei der Messe hel-

fen. Er mußte vor ihm oder hinter ihm hergehen und alle Schritte genau abzählen, und er mußte ihm bei bestimmten Wörtern einen Kelch mit Wein reichen oder ein Glöcklein oder eben den Weihrauchkessel. Das hat mir Fredi alles erklärt, und ich hab's nicht ganz begriffen, aber jedenfalls wußte er, wo der Schlüssel zur Sakristei versteckt war, nämlich unter dem linken Fuß von Jesus.

Zehntes Kapitel

Vera und Fredi fallen aus dem Kleiderschrank

Am Samstagmittag sagte ich Paps, ich würde nach dem Essen zu Fredi gehen, wir wollten für die elektrische Eisenbahn unbedingt Berge aus Zeitungen und Fischkleister machen. Paps sagte, eigentlich habe er damit gerechnet, mit mir zusammen die Küche zu putzen. Aber dann war er einverstanden, und wir verschoben die Putzerei auf den nächsten Samstag. Als ich hinunterging, brütete er schon über seinen Kochbüchern, denn er hatte sich vorgenommen, für Larissa etwas Besonderes zu kochen, gedämpften Lachs auf Blattspinat. Das ist ein Graus, lieber Hampel, besonders wenn der Lachs innen noch halb roh ist, und ich war doppelt froh, nicht mitessen zu müssen!
Wir sagten Frau Koller, daß wir gerne mal alleine in den Zoo gehen möchten. Wir seien alt genug dafür, und in der Schule würden wir gerade die Schlangen durchnehmen, da sei ein solcher Besuch sehr lehrreich. Frau Koller wollte uns zuerst nicht gehen lassen, aber wir fanden immer mehr Gründe, die sie überzeug-

ten, und zuletzt schenkte sie uns sogar das
Geld für den Bus und den Eintritt.
Der Himmel war grau wie meistens im No-
vember, und es nieselte. Zur katholischen Kirche brauchten wir bloß zwei Stationen weit zu
fahren. Ich habe sie schon oft vom Bus aus gesehen, war aber noch nie drinnen. Sie hat einen komischen Turm, und eine Dachseite ist
viel länger und flacher als die andere.
Wir gingen durch eine Seitentür hinein. Vorne
beim Altar brannten ein paar Kerzen, sonst
war's dämmrig. Fredi tauchte einen Finger ins
Weihwasser beim Eingang und machte sich ein
Kreuz auf die Stirn. Und dann machte er auch
mir eines, für alle Fälle, wie er sagte. Mir war's
unheimlich zumute, jedes laute Wort hallte.
Und so flüsterten wir nur miteinander, obschon uns niemand hören konnte, denn wir
waren ganz allein. Fredi zog mich mit sich
nach vorn, zum Standbild auf der rechten Seite. Es war der tote Jesus aus Marmor, der Maria auf dem Schoß lag, und seine Beine hingen
herunter. Ein Fuß berührte den Boden, und
unter die Ferse war der Schlüssel geschoben.
Fredi stocherte ihn mit dem harten Ende eines
Schuhbändels hervor. Maria glich mit ihrem
spitzen Kinn ein wenig Larissa, und ich hatte
plötzlich Angst, das Standbild werde lebendig.

84

Fredi ging zur Tür an der Seitenwand. Er schloß sie auf, ich folgte ihm auf den Zehenspitzen, er machte Licht in der Sakristei. Die Gewänder an den Haken sahen aus wie kopflose Geister, es roch muffig und süßlich, und ich wäre am liebsten weggerannt. Auch Fredi hatte es eilig. Während ich bei der Tür Wache stand, zog er irgendwo eine Schublade heraus und warf alles darin durcheinander. «Hier ist's nicht», sagte er und durchsuchte eine weitere Schublade, die voller weißer Kerzen war. In der dritten fand er endlich die Schachtel mit dem Harz, und er steckte eine Handvoll Klümpchen in seine Jackentasche. «Jetzt bloß weg!» flüsterte er.

Da betrat jemand die Kirche, ich hörte Schritte, ein Husten, ich sah eine Gestalt, die durch den Seitengang näherkam und vor sich hin murmelte. Im ersten Augenblick dachte ich, es sei Larissa, und mir blieb vor Schreck der Atem weg. Aber dann merkte ich, daß es bloß eine alte Frau war. Vermutlich habe sie beten wollen, sagte Fredi später. Ich versteckte mich hinter der halboffenen Tür und legte den Finger auf die Lippen. Das Murmeln wurde lauter, schon war die Frau bei der Tür, und noch bevor sie uns sah, fragte sie mißtrauisch: «Wer ist denn um diese Zeit hier drin?»

«Niemand», sagte Fredi und pfeilte aus der Sakristei, ich hinter ihm her. Beinahe hätten wir
die alte Frau umgerannt. Erst als wir schon fast
draußen waren, fand sie die Sprache wieder,
und ich hörte sie schreien: «Diebe! Diebe! Hal-
tet die Diebe!» Die Schwingtür, die hinter uns
zufiel, schnitt ihr das Wort ab, doch wir rannten
weiter, als ob uns schon die Polizei auf den Fer-
sen wäre. Ich trieb Fredi an, damit er nicht
schlappmachte, stieß ihn sogar eine Strecke vor
mir her, und erst bei der Mauer unter der Weide hielten wir an und wagten zu verschnaufen.
«Die hat geglaubt», keuchte Fredi, «wir würden den Kirchenschatz rauben.»
«Die ruft garantiert die Polizei», sagte ich.
«Sie hatte gar keine Zeit, uns anzuschauen.
Für einen guten Steckbrief reicht das nicht.
Kinder wie uns gibt es viele.»
Vielleicht hatte er recht, aber ich fand's nicht
mehr sehr gemütlich auf dem Sträßchen. Trotzdem mußten wir uns noch eine Weile draußen
die Zeit vertreiben, sonst hätte uns Frau Koller
die Lüge mit dem Zoo nicht geglaubt. Wir
spielten nun wirklich ein bißchen Fangen, und
zwar auf einem Bein, weil das lustiger ist. Son-
ja und Marcel von nebenan kamen dazu, die
sind jünger als wir, und denen ist es egal, daß
Fredi und ich Freunde sind. Wir hüpften zwi-

schen geparkten Autos herum und taten so, als
sei es ein ganz gewöhnlicher Samstagnachmittag. Aber wenn Fredi seine Hand in die Hosentasche steckte, wußte ich, daß er prüfte, ob
das Harz noch drin war. Und in meiner Tasche
war das Foto von Paps, das ich zurückgestoh-
len hatte.
Punkt vier Uhr brachen wir das Spiel ab und
gingen hinauf. Ja, erzählten wir Frau Koller,
die Schlangen hätten gefährlich ausgesehen,
und die Klapperschlange habe sogar geklappert. Und das Geld hätten wir zusammenge-
legt und uns dafür eine Portion Pommes frites
geleistet, und jetzt würden wir ein bißchen
frieren und hätten gerne einen Pfefferminztee.
Den bekamen wir, dazu noch Knäckebrot mit
Sesam, und Frau Koller erzählte uns, daß eine
Viper im Tessin sie einmal beinahe in die Wade gebissen hätte. Danach zogen wir uns
zurück in Fredis Zimmer, er ließ die Eisenbahn
im Kreis herumfahren, und wir hatten endlich
Gelegenheit, die Harzklümpchen zu untersuchen. Sie waren goldbraun und klebrig und
rochen ähnlich wie Räucherstäbchen. Als Fredi
eines von ihnen auf einen Untersatz aus Ton
legte und mit einem Streichholz anzuzünden
versuchte, kräuselte es sich ein bißchen, aber
brennen oder glimmen wollte es nicht.

«Ich weiß nicht, wie man's macht», sagte er
niedergeschlagen. «Im Kessel drin hat's immer
schon geraucht.»
«Wir müssen das Zeug in Zeitungspapier ein-
wickeln», sagte ich. Und das war richtig, denn
nachdem das Papier verbrannt war, glomm
das Klümpchen vor sich hin, und aus dem Untersatz mit den Aschefetzen stieg ein beißender
Rauch, der nach fremden Ländern roch. Wir
husteten, rieben uns die Augen und stellten
den Teller aufs Fensterbrett. Ich hielt es für
das beste, auch die übrigen Klümpchen in eine
Menge Papier einzuwickeln. Wir legten den
Papierknäuel in einen alten Topf und beschlossen, später ein bißchen Sprit darüber zu
gießen, damit alles gut brennen würde. Danach löschten wir das Licht und warteten am
Fenster auf Larissa. Als Frau Koller zu uns
hereinschaute, sagte Fredi, wir würden Höh-
lenforscher spielen, und sie solle uns bei unserer Expedition bitte nicht stören.
Kurz nach sechs, gerade bevor wir zum Essen
gerufen wurden, sahen wir im Licht der
Straßenlaterne, daß eine Gestalt in dunklem
Mantel und mit dunklem Kopftuch durchs
Zauntor und über den Plattenweg kam. Es
mußte Larissa sein, und ich wich vom Fenster
zurück, damit sie mich auf keinen Fall sehen

88

konnte. Wir öffneten einen Spaltbreit die Tür und lauschten in den Gang hinaus. Rasche Schritte stöckelten an Kollers Wohnung vorbei, von weiter oben hörten wir Gemurmel und Lachen. Jetzt war Larissa bei Paps und sozusagen in der Falle!

Das Essen brachten wir kaum herunter, obschon Frau Koller uns zuliebe etwas richtig Ungesundes gekocht hatte, nämlich Dampfnudeln mit Vanillesauce. Sie wunderte sich über unsern mangelnden Appetit und fragte uns, ob wir wohl eine Grippe ausbrüten würden. Wir halfen ihr beim Geschirrspülen, und Viertel vor acht schickten wir sie hinüber ins Wohnzimmer, damit sie sich «Wetten daß» anschauen konnte. Wir versprachen ihr, brav zu sein, vielleicht noch ein bißchen Comics zu lesen und um halb zehn zu Bett zu gehen; wir würden sie dann rufen für das Gutenachtsagen. Fredi sagte, seine Mutter brenne jedesmal darauf, «Wetten daß» und diesen dämlichen Gottschalk zu sehen. Dann könne man neben ihr eine Kanone abfeuern, und sie merke nichts davon. Genau so war es. Frau Koller verschwand mit einer Flasche Bier im Wohnzimmer, sie schloß die Tür und stellte den Fernseher so laut ein, daß wir jedes Wort verstanden.

Zuerst mußten wir Paps und Larissa aus der Wohnung locken. Das war leichter, als wir gedacht hatten. Fredi telefonierte vom Gang aus nach oben und sprach mit verstellter Stimme. Er sei Polizeihostess, sagte er, und eben habe man an Paps' Auto einen Parkschaden festgestellt; er solle doch so gut sein und sich für einen Augenschein herunterbemühen. Ich hörte Paps durchs Telefon schimpfen. Fredi hängte triumphierend auf. Nach einer Weile trampelte Paps wütend die Treppe herunter, und durchs Schlüsselloch sah ich, daß Larissa ihn, wie gewünscht, begleitete. Paps hat einen reservierten Parkplatz, etwa hundertfünfzig Meter vom Haus entfernt, und wir rechneten damit, daß es mindestens fünf Minuten dauern würde, bis sie zurückkämen. Kaum waren sie aus dem Haus, rannten wir samt dem Topf und der Spritflasche nach oben. Aber leider hatte Paps die Tür abgeschlossen, und wir rannten in den Keller hinunter, um den Ersatzschlüssel zu holen. Als wir endlich in der Wohnung drin waren, mußten wir uns doppelt beeilen. Wir waren beide außer Atem, unsere Hände zitterten, wir konnten uns zuerst nicht einigen, wo wir den Topf hinstellen wollten, und rissen ihn einander aus den Händen. Dann blieb uns aber nur noch der Gang übrig,

denn wir hörten durch die offene Tür bereits wieder Schritte. Ich schüttete beinahe den ganzen Sprit in den Topf und übers Papier. Das war nicht besonders klug, aber mindestens so dumm war, daß Fredi ein brennendes Streichholz hineinwarf. Augenblicklich züngelten beinahe meterhoch die Flammen aus dem Topf, Fredi schrie auf und warf den Topf versehentlich um. Da wurde es noch schlimmer, denn irgendwas anderes fing Feuer, beißender Rauch hüllte uns ein. An der Tür hörten wir Larissas entsetzte Stimme, und ich zog Fredi, da wir keinen andern Fluchtweg hatten, rückwärts ins Schlafzimmer, das auch schon nach Rauch stank. Ich warf die Tür ins Schloß, ich öffnete den Kleiderschrank, und darin versteckten wir uns beide zwischen Paps' und Mamas Kleidern, die immer noch da hängen. Wir waren halb tot vor Schreck und vor Angst. Um uns herum polterte es, ich hörte Paps Befehle schreien. Immer stärker roch es nach Rauch, mir wurde schwindlig und schlecht, ich konnte kaum noch atmen, alles drehte sich im Kreis. Und plötzlich wurde mir schwarz vor den Augen, ich glitt aus dem Schrank hinaus, und Fredi fiel mir hinterher.

Elftes Kapitel

Larissa macht ein nettes Angebot, und Vera weint ins Kissen

Als ich erwachte, brummte mir der Schädel. Ich lag in einem weiß bezogenen Bett, das nicht meines war, und neben mir saß Paps, machte sein Kummergesicht und hielt meine Hand; seine andere war, das merkte ich erst später, dick verbunden, und seine Augenbrauen waren wie wegrasiert.

Ich versuchte, mich aufzurichten und um mich zu blicken. Aber die Glieder taten mir weh, und alles Weiße ringsum verschwamm.

«Wo ... wo bin ich?» brachte ich hervor.

«Im Krankenhaus», antwortete Paps mit zittriger Stimme. «Gott sei Dank bist du endlich aufgewacht.»

Sogleich fiel mir wieder ein, was im Augenblick das Wichtigste war. «Ist sie ... weg?»

«Wer?»

«La ... Larissa.»

«Sie hat den Rauch so wenig vertragen wie du und sich rechtzeitig in Sicherheit gebracht.»

«Und Fredi?» fragte ich. «Wo ist Fredi?»

«Den haben sie schon entlassen. Bei ihm war die Rauchvergiftung weniger stark als bei dir. Vermutlich wegen seinem höheren Gewicht.»
Da hat's ihm wenigstens einmal genützt, daß er ein bißchen mollig ist, dachte ich.
Paps zog meine Decke, die halb heruntergerutscht war, wieder zurecht. «Schweig jetzt lieber und trink Tee.» Er hielt mir eine Tasse hin, die nach Lindenblütentee roch. «Du darfst dich nicht überanstrengen.»
Ich trank einen Schluck. «Mir geht's ganz gut», log ich. «Was ist denn eigentlich passiert?»
«Genau das möchte ich auch wissen. Und nicht nur ich. Auch die Feuerwehr. Und die Sanitätspolizei.»
Ich wurde wieder beinahe ohnmächtig. Was hatten wir da angerichtet? Am liebsten hätte ich mir die Ohren zugestopft und gar nicht mehr zugehört.
In diesem Augenblick kam ein junger Arzt herein, dem irgendwer gemeldet hatte, ich sei wach, und beugte sich über mich.
«Hallo», sagte er, «gut geschlafen?»
Ich versuchte zu lächeln, um wenigstens ihn auf meiner Seite zu haben. Er maß meinen Blutdruck, tastete den Puls und leuchtete mit einem Lämpchen in meine Pupillen. Er murmelte etwas von einer weiteren Blutprobe, er

fragte, ob ich Gliederschmerzen habe und ob mir übel sei. Ich schüttelte den Kopf, denn ich wollte unbedingt nach Hause und mit Fredi reden. Zum Schluß klopfte er mir auf die Schultern und sagte: «Dein Allgemeinzustand gefällt mir schon viel besser. Aber diese Nacht bleibst du noch hier, zur Beobachtung. Da sind wir sicher, daß du keinen Schaden davonträgst.»

Ich wollte protestieren, doch er legte mir den Finger auf den Mund und zog sich mit Paps zum Fenster zurück, wo er eine Weile halblaut mit ihm sprach, dann winkte er mir zu und ging aus dem Zimmer.

Paps setzte sich wieder mit seiner vorwurfsvollen Miene aufs Bett, und wenn ich ihm nicht gehorsam zugehört hätte, wäre er noch ärgerlicher geworden, als er's schon war. Es muß schrecklich gewesen sein, auch für dich, lieber Hampel. Im Gang hatte es sofort zu brennen begonnen, der Teppich brannte, die Garderobe brannte, das Schuhschränkchen brannte, Paps versuchte das Feuer mit seinem Mantel zu ersticken, und dabei verbrannte er sich eine Hand. Doch irgendwie stieß er den brennenden Topf von sich weg, und der rollte zur Küchentür. Und so griff das Feuer auch auf die Küche über, das Linoleum brannte, der Tisch brannte, alles war voller Rauch. Paps schüttete

94

Wasser in die Flammen, ohne daß es etwas nützte. Dann barst die Fensterscheibe, und weil frischer Sauerstoff hereinkam, brannte alles noch stärker. Von unten kam Frau Koller und schrie, wir beide seien verschwunden. Als Paps fast am Ende der Kräfte war, traf die Feuerwehr ein, Männer in Gasmasken und gelben Helmen, die einen dicken Schlauch mitschleppten. Sie spritzten die Wohnung voll und wollten Paps wegschicken, doch er gehorchte nicht. Und dann rannte einer ins Schlafzimmer, und dort lagen wir vor dem Schrank ohnmächtig auf dem Boden. Per Funk riefen sie die Sanitätspolizei herbei, wir wurden hinuntergetragen und in Kollers Wohnung gebracht, wo sie Wiederbelebungsversuche mit uns machten. Dann war der Krankenwagen da, wir wurden auf Bahren hineingeschoben und mit Blaulicht durch die Stadt gefahren, und Paps saß neben mir und dachte, ich würde es nicht überleben. Ich begann zu weinen, als er das erzählte, und ich glaube, er hatte auch Tränen in den Augen. Doch plötzlich packte er mein Handgelenk und schüttelte mich: «Was ist denn eigentlich in euch gefahren?» rief er. «Das ganze Haus hätte abbrennen können!»
Ich wollte antworten, aber es ging nicht.
«Was soll dieser läppische Streich mit dem

brennenden Topf bedeuten? Habt ihr uns er-
schrecken wollen?»

«Ich … wir…», stotterte ich.

«Auch aus deinem famosen Freund ist nichts
Vernünftiges herauszukriegen. Entweder
schweigt er oder faselt etwas von Hexen und
Weihrauch, und kein Mensch versteht, was er
meint.»

Fredi hatte also gepetzt, und da konnte auch
ich nicht mehr an mich halten. Ich gestand alles der Reihe nach, die Geschichten mit dem
Knoblauch und mit der Schlange und dem
Weihrauch. Ich sagte, wenn er's nicht gemerkt
habe, daß Larissa eine Hexe sei, dann hätte
eben ich's gemerkt, und es sei eine gute Tat,
sie vertreiben zu wollen. Wir hätten nur das
Beste gewollt für ihn, und dazu schluchzte ich
und putzte mir immer wieder die Nase, und
Paps wurde immer fassungsloser. Und als ich
endlich fertig war, wischte er sich mit einem
Taschentuch über die Stirn und sagte lange
nichts, so lange, daß ich schon dachte, er sei
stumm geworden vor Dankbarkeit oder vor
Erleichterung. Doch dann sagte er leise und
kummervoll: «Daß es so schlimm um dich
steht, hätte ich nie gedacht.»

«Wie meinst du das?» fragte ich.

Er griff wieder nach meiner Hand. «Vera, es

tut mir leid. Du hast dich in gefährliche Phantasien hineingeflüchtet. Du verwechselst die Wirklichkeit mit deinen Angstträumen. Das geschieht manchmal, wenn man unter starkem Druck steht und etwas unbedingt anders haben möchte, als es ist. Ich kann dir nur sagen: Larissa ist eine ganz normale Frau. Und deine angeblichen Beweise sind lauter Einbildungen.»

«Aber Fredi ...», versuchte ich ihn zu unterbrechen.

«Wenn Fredi dir geglaubt hat», fuhr er fort, «dann liegt das daran, daß er leicht zu beeinflussen ist. Und zu zweit habt ihr euch natürlich noch mehr in dieser Geschichte verrannt. Wir müssen dir da wieder hinaushelfen, Vera. Und ich überlege mir, wie wir das hinkriegen.» So redete er beruhigend auf mich ein, er hörte gar nicht mehr auf mit Reden und tätschelte dazu meine Hand. Aber es war, als ob er mich links und rechts ohrfeigen würde. Ich hatte es ja gewußt: Paps dachte, ich sei eine Spinnerin! In mir drin gefror alles zu Eis, ich nickte ganz verständig, aber wie ein Automat. Ich sagte jaja und neinnein, ganz wie er's erwartete, und ich wurde erst wieder lebendig, als er sagte, er müsse jetzt für ein paar Stunden weg. Er habe einen Termin mit jemandem von der Haft-

pflichtversicherung, und er werde mich am
spätern Abend wieder besuchen.

«Ich will aber nach Hause», brachte ich heraus
und hielt seine Hand fest.

«Das kannst du leider noch eine Weile nicht,
Vera. Erstens stinkt's bei uns, daß es nicht zum
Aushalten ist, zweitens muß die Küche aus-
geräumt, getrocknet und renoviert werden.
Allein das dauert eine gute Woche. Und drit-
tens hast du ja gehört, daß der Arzt dich noch
hierbehalten will.»

«Und du?» fragte ich zaghaft und mit einer bösen Ahnung. «Wohin gehst du denn, wenn du
alles erledigt hast? Wo wirst du schlafen?»

«Ich?» Er wich meinem Blick aus. «Larissa hat
mir netterweise angeboten, mich für diese Zeit
bei sich aufzunehmen. Und sobald du wieder
auf dem Damm bist, hat sie für dich natürlich
auch ein Bett frei.»

«Nein! Geh nicht zu ihr! Geh nicht!» Ich warf
mich herum und hämmerte mit den Fäusten
auf die Matratze.

«Bitte, Vera, nimm doch Vernunft an.» Er versuchte mich umzudrehen, aber ich wehrte
mich und preßte mein Gesicht so stark gegen
das Kissen, daß ich nicht mehr atmen und
sprechen konnte.

«Bitte, Vera, ich darf doch nicht Rücksicht

nehmen auf deine Einbildungen, ich darf es einfach nicht. Ich begreife ja, wie schmerzhaft es für dich ist, eine andere Frau als Mama in dein Leben hereinzulassen. Aber ich kann's dir nicht ersparen.»

Mir wurde schwarz vor den Augen, ich ließ das Kissen los und schnappte nach Luft. «Sie will dich einsperren», sagte ich. «Sie will mich loswerden. Und vielleicht frißt sie dich am Ende noch auf.»

Paps lachte in meinem Rücken, aber es war nur ein halbes Lachen, und es klang unglücklich. «Du brauchst Zeit, dich an die neue Situation zu gewöhnen, Vera. Denk nach und vergiß deine Hexenangst so schnell wie möglich.»

Ich hörte, daß er aufstand und gehen wollte, und ich versuchte meine Tränen herunterzuschlucken. Es hatte ja gar keinen Sinn mehr, ihn umstimmen zu wollen, er war ohnehin auf ihrer Seite.

«Tschüs», sagte ich tonlos und krampfte meine Finger ins Kissen. Er war schon bei der Tür, da kam er nochmals zurück und flüsterte mir ins Ohr: «Es wird alles gut, Vera, glaub mir.»

Ich drehte mich nicht um und schaute ihn nicht an. Dann war er weg, und ich war allein. Und nicht einmal dich, lieber Hampel, hatte ich bei mir.

Zwölftes Kapitel

Vera trainiert für den Ernstkampf, und Frau Grolimund verursacht ein Krankenhausbeben

Die erste Stunde, nachdem Paps gegangen war, glaubte ich, vor Verzweiflung sterben zu müssen. Eine Krankenschwester versuchte mich zu trösten und versprach, sie werde dafür sorgen, daß wenigstens du, lieber Hampel, diese Nacht bei mir seist. Dann kam wieder der Arzt und redete mir gut zu. Sie gaben mir irgendeine Pille zu schlucken, ich schlief ein, und als ich die Augen wieder öffnete, war es draußen schon dunkel. Und an meinem Bett saß dieser Psychoheini, bei dem ich schon gewesen bin. Und was streckte er mir entgegen? Dich, lieber Hampel. Ich drückte dich an meine Brust, und da waren wir wieder zusammen. Aber der Psychoheini mit seinen gewellten grauen Haaren ließ mir gar keine Zeit, dich zu begrüßen, er machte mit der Zunge Ts-ts-ts und sagte: «Du bist ja sozusagen ein Notfall geworden, liebe Vera. Das ist gar nicht gut.»
Ich schloß die Augen und dachte: Dann laß ich auch das über mich ergehen.

100

«Weißt du noch, wer ich bin?» fragte er.

Ich schwieg und rührte mich nicht.

«Du kannst mich Walter nennen. Die Geschichte mit der Hexe interessiert mich sehr. Willst du sie mir auch erzählen?»

Wenn er das wußte, hatte ihn Paps herbestellt, und ich beschloß, daß er kein Wort aus mir herauskriegen würde.

«Ich habe Papier und Farbstifte bei mir», sagte Psychowalter und kramte in seiner Ledertasche herum. «Wenn du magst, kannst du die Hexe zeichnen.»

«Ich weiß ja, daß Sie mir nicht glauben», sagte ich. «Warum soll ich da was zeichnen?»

Er hob beleidigt die buschigen Augenbrauen. «Oho! Stehen wir so? Ich bin gekommen, um dir zu helfen. Ich wäre froh, wenn du meine gute Absicht anerkennen würdest.»

Ich schwieg, und er legte einen Papierblock und ein paar Farbstifte vor mich hin. Ich tat so, als sehe ich sie nicht. So schnell gab er aber nicht auf. Er fand in seiner Tasche irgendwelche Tafeln mit Klecksen und hielt mir eine von denen vors Gesicht. «Was siehst du da, Vera?»

«Kleckse», sagte ich.

Auf seiner Stirn waren Schweißtröpfchen. «Telefonierst du oft mit deiner Mama?» fragte er.

101

Das ging ihn noch weniger an als alles andere, und ich gab keine Antwort.

«Du hättest dich mit diesem Zimmerbrand beinahe umgebracht», sagte er. «Und deinen Freund mit dir. Ist dir das bewußt?»

Ich starrte genau auf seine Nase; Fredi sagt, das verwirre einen Gegner, und er zog wirklich die Nase kraus, wie wenn er gleich niesen müßte.

Da kam, begleitet von der Schwester, Frau Grolimund zur Tür herein, und ich war richtig erleichtert, sie zu sehen. Sie trug einen langen Mantel, einen lila Schal und einen komischen Hut und sah noch dicker aus als sonst. «Husch, husch», sagte sie zu Psychowalter, «gehen Sie spazieren. Ich muß mit Vera allein sein.»

Psychowalter protestierte und sagte, er sei ein Doktor Irgendwas und habe den Auftrag, mit mir ein paar Tests zu machen. Aber gegen Frau Grolimund hatte er keine Chance. Mein Vater, sagte sie, habe sie ebenfalls angerufen. Sie sei meine Lehrerin und kenne mich bestimmt besser als er, und dann zog sie ihm den Stuhl unter dem Hintern weg. Er schnellte auf, packte eilig seine Sachen zusammen und ging mit hochrotem Kopf hinaus, doch bei der Tür sagte er, morgen werde er wiederkommen und seinen Auftrag erfüllen.

«Tun Sie das», sagte Frau Grolimund. Sie zog

ihren Mantel aus, und darunter kam ihr kö-
nigsblaues Kleid mit der goldenen Brosche
zum Vorschein. «Wir haben miteinander zu reden, Vera», sagte sie und setzte sich auf mein
Bett. Die Bettfedern quietschten, und die Matratze neigte sich auf ihre Seite. Aber ich
mochte es trotzdem, daß sie so nahe bei mir
saß. Sie roch nach einem indischen Parfüm
und ein wenig nach Knoblauch, und sie sah
mich besorgt an. «Du hast tüchtig weiterge-
träumt von deiner Hexe, nicht wahr?»
«Ziemlich», sagte ich und versuchte zu lächeln,
aber lieber hätte ich geweint.
«Haben die Reime nichts genützt?»
Ich schluckte leer. «Doch. Aber es reicht nicht.»
«Diese Hexe will dir offenbar deinen Vater
rauben, soviel habe ich verstanden.»
Ich fühlte mich durchschaut und war gleichzeitig froh, daß sie's so offen aussprach. «Heute nacht geht er zu ihr», sagte ich, «und dann
macht sie mit ihm, was sie will.»
«Wenn's so ist, mußt du gegen sie kämpfen.
Du mußt ihr zeigen, daß du gleich stark bist
wie sie.»
«Ich hab's ja versucht», sagte ich niederge-
schlagen.
«Nur mit Tricks. Das ist zu wenig. Sie muß deine Kraft spüren. Körperlich, verstehst du?»

Beim bloßen Gedanken, wirklich mit Larissa zu kämpfen, überlief es mich kalt. «Das geht nicht. Ich bin zu schwach. Sie reißt mich an den Haaren oder kratzt mir die Augen aus. Und sie kann hexen und ich nicht.» Ich erinnerte mich daran, wie Larissa mich mit dem Bett an die Wand gedrückt und ich nach Luft geschnappt hatte.

«Doch, das geht», sagte Frau Grolimund. «Du mußt dir's bloß zutrauen. Wofür habe ich euch denn im Turnen die Judogriffe beigebracht? Und jetzt hör zu, Vera, ich verrate dir ein Geheimnis: Du bist auch eine Hexe, na gut, ein Hexlein, du hast's nur bisher nicht gewußt.»

Ich erschrak und errötete bis zu den Haarwurzeln. «Das … das ist doch gar nicht wahr. Wie kommen Sie darauf?»

Frau Grolimund richtete sich auf und reckte das Kinn nach vorne. «Ich bin auch eine. Hast du das nicht geahnt? Und ich erkenne Kolleginnen auf den ersten Blick. Wenn du wirklich hexen willst, dann kannst du's auch.»

Ich war verwirrt und drückte dich, lieber Hampel, an meine Brust. Ich strengte mich an, meine wilden Gedanken zu ordnen. «Hexen sind doch böse», sagte ich. «Ich bin's vielleicht auch, weil ich so dummes Zeug anstelle.

104

Aber Sie sind überhaupt nicht böse, nur manchmal wütend.»

«Hast du eine Ahnung», sagte sie mit blitzenden Augen. «Ich kann sehr böse sein. Das Wichtige, das du dir merken mußt, ist aber: Hexen sind eigentlich nur richtig böse, wenn man's von ihnen erwartet. Das zwingt sie zum Bösesein. Hast du von Larissa jemals etwas anderes erwartet?»

Ich zuckte zusammen, weil Frau Grolimund so selbstverständlich diesen Namen nannte, sie mußte ihn von Paps haben. «Aber wenn ich mit ihr kämpfe», fragte ich, «ist es da nötig, daß ich sie besiege?»

Frau Grolimund lachte, daß ihre Wangen zitterten. «Nein, liebe Vera. Nur Dummköpfe meinen, daß jeder Kampf einen Sieg und Sieger braucht. Ihr spürt eure Kraft, und danach schließt ihr Frieden und erwartet Gutes voneinander.»

«Und Paps? Ich muß ihn doch vor ihr beschützen.»

Sie lachte noch lauter, und diesmal hüpfte ihr Bauch unter den blauen Stoffalten auf und ab. «Der soll sich selber schützen. Groß genug ist er ja.»

Ich hatte keine Zeit mehr, etwas einzuwenden, denn Frau Grolimund stand auf, schwang ihre

Arme und machte ein paar federnde Schritte.
«So, Vera, und jetzt wird geübt! Komm, wir
kämpfen ein bißchen. Du wirst doch mit meinen neunzig Kilos spielend fertig.»
Zögernd rutschte ich an den Bettrand und zog
das weiße Nachthemd über die Knie hinunter.
Es war ziemlich übertrieben, was sie von mir
verlangte, und außerdem hatte ich Kopfweh
und fühlte mich zerschlagen wie nach einer
schweren Grippe. «Los», rief sie, «nimm deinen Mut zusammen. Zeig mir, was du gelernt
hast!» Sie kam mit wiegenden Hüften auf mich
zu und kitzelte mich unter den Armen. Das
mag ich gar nicht, und deshalb sprang ich aus
dem Bett und umkreiste sie hüpfend, mit er-
hobenen Armen. Ich kam mir vor wie eine
Maus, die einen Berg angreifen will. Frau
Grolimund drehte sich mit mir, um mich im
Auge zu behalten. Ihr Schmuck klingelte und
klapperte, sie lachte, und immer wieder zupfte
sie mich blitzschnell an den Haaren oder am
Nachthemd und wich gleich wieder zurück.
Allmählich wurde ich wütend auf ihre Nek-
kerei, ich versuchte sie am Handgelenk zu
packen, und plötzlich, als ich sie erwischte und
sie mich in der Gegenwehr zu sich riß, machte
ich, ohne zu überlegen, den Fußknöchel- und
Armdrehtrick, sie stolperte und landete kra-

106

chend auf dem Boden. Ich starrte sie erschrocken an. Benommen blieb sie ein paar
Sekunden liegen, den Rock um sich gebreitet
wie eine blaue Pfütze. «Aua», stöhnte sie, «du
hast ja gewaltig zugelangt.» Sie setzte sich auf,
rieb sich den Hintern. Doch bevor sie sich auf-
gerappelt hatte, stürzte die diensttuende Krankenschwester herein und fragte, was um Gottes
willen geschehen sei, das ganze Krankenhaus
habe ja gebebt.
«Ach», antwortete Frau Grolimund, «ich bin
ausgeglitten, und Vera hat mir aufzuhelfen
versucht.»
«Marsch, ins Bett mit dir», mahnte die Krankenschwester. «Was fällt dir ein, du zitterst ja,
dabei sollst du dich vor jeder Anstrengung hü-
ten!»
Ich gehorchte und kroch unter die Decke
zurück. Ich hätte mich gerne entschuldigt für
meine Kraft, aber ich war auch stolz darauf.
Frau Grolimund sagte, sie habe bestimmt einen Bluterguß an der linken Hinterbacke,
trotz ihrer Fettpolster, und ließ sich auf die
Beine ziehen. Sie habe eine schmerzstillende
Salbe für sie, sagte die Schwester. Frau Grolimund raunte mir zu, ich solle nicht zu lange
warten, dann hinkte sie hinter der Schwester
aus dem Zimmer. Was hatte Frau Grolimund

mit ihrem letzten Satz gemeint? Ich glaubte es zu wissen und überlegte mir, wie ich ihren Rat befolgen konnte.

Dreizehntes Kapitel

Vera verdoppelt sich,
und Fredi wartet an der Tramhaltestelle

Es gab schmierigen Kartoffelbrei zum Abend-
essen. Ich aß nur drei Löffel, dafür den
ganzen Nachtisch, Ananas aus der Büchse. Am
spätern Abend wurde ein zweites Mädchen in
mein Zimmer gebracht. Sie hieß Sandra, hatte
das Bein doppelt gebrochen und trug einen
Gipsverband. Sie war aber noch halb in der
Narkose und sagte rein nichts, und das war
gut für meine Pläne. Dann besuchte mich zum
zweiten Mal Paps. Er sagte, ich sehe schon
deutlich besser aus und die Haftpflichtversi-
cherung werde alles bezahlen und ob das
Gespräch mit Psychowalter mich ein bißchen
erleichtert habe. Ich schwindelte allerlei zusammen, wir redeten noch dies und das. Ich
tat so, als ob mir inzwischen klar wäre, daß die
Geschichte mit der Hexe nichts anderes sei als
ein Hirngespinst. Paps freute sich über meine
Einsicht, und ich ließ mir über den Besuch
von Frau Grolimund kein Wort entschlüpfen.
«Paß auf dich auf», sagte ich beim Abschied.

«Du auch», antwortete er und hob scherzhaft den Finger. «Und keine Brände mehr, bitte sehr.»

Ich wußte ja, wohin er ging, und ich hoffte nur, daß ich noch früh genug eingreifen konnte. Ich wartete, bis die Krankenschwester vorbeigekommen war, mir Gutenacht gesagt und das Licht ausgeknipst hatte. Das Telefon auf dem Fensterbrett war mir schon vorher aufgefallen. Der Mond schien, und es war gerade hell genug, daß ich die Wähltasten sah. Ich wählte zuerst die Null, weil man das in Krankenhäusern und Hotels tun muß, und dann die Nummer von Fredi. Zum Glück nahm er selber ab. Er senkte sogleich die Stimme, als er mich erkannte.

«Bist du noch immer im Krankenhaus?» fragte er.

«Ja. Wie geht's dir?»

«So einigermaßen. Meine Mutter hat ein Riesentamtam gemacht. Ich sei schwererziehbar, ich würde noch im Gefängnis landen. Lauter solche Sachen.»

«Hört sie jetzt zu?» fragte ich.

«Nein.» Es knisterte an meinem Ohr, und seine Stimme wurde undeutlich. Wahrscheinlich hatte er sich ein Bonbon in den Mund geschoben. «Sie guckt sich ‹Tatort› an. Ich darf zur Strafe nicht. Und mein ganzes Taschengeld

110

fürs nächste Jahr soll ich euch geben. Wegen
der Schäden, die wir angerichtet haben. Das
hat mir mein Pa am Telefon befohlen.»
«Ich zahle dir das Geld zurück, Ehrenwort»,
sagte ich. «Aber tu mir jetzt bitte einen Gefallen. Komm hierher und hol mich ab. Dann begleitest du mich zu Larissa Laruss. Mein Vater
ist nämlich bei ihr, und ich muß mit ihr ins
reine kommen.»
Meine Bitte verschlug Fredi die Sprache. In
der Leitung blieb es eine Weile still, dann flüsterte er: «Das ist nicht so leicht. Wie komme
ich zu dir? Und wie willst du aus dem Krankenhaus raus, ohne daß sie's merken?»
«Wir müssen's unbedingt versuchen», sagte ich.
Er zögerte immer noch.
«Sonst geh ich eben allein», sagte ich.
Ich hörte, daß er schwer atmete und lutschte.
«Wollen wir nicht lieber die Polizei …?»
«Nein! Die lacht uns bloß aus. Wir müssen auf
eigene Faust handeln. Kommst du jetzt, oder
kommst du nicht?»
«Hast du dir denn was Neues ausgedacht?»
«Ja. Du wirst bloß Wache stehen.» Und für den
Notfall da sein, dachte ich.
«Okay», sagte er endlich. «Ich komme.»
«In einer halben Stunde unten bei der Tramhaltestelle. Schaffst du das?»

«Ich nehme das Fahrrad», sagte er und hängte
auf.

Das Mädchen mit dem Gips bewegte sich und
stöhnte leise. Ich ging zurück zu meinem Bett
und hielt auf halbem Weg beim Schrank an.
Hier drin, vermutete ich, waren meine Kleider. Ich fand sie sogar, ohne Licht zu machen.
Und daß es meine Jeans waren, merkte ich an
der getrockneten Kastanie, die in der linken
Hosentasche war, und an Paps' Foto in der
rechten. Geräuschlos zog ich mich an, und die
ganze Zeit überlegte ich mir, wie ich die
Nachtschwester überlisten konnte. Die Tür
war nur angelehnt. Ich spähte hinaus in den
schummrig beleuchteten Gang, an dessen Ende die helle Koje war, in der die Schwester
saß. Plötzlich hatte ich die rettende Idee. Ich
nahm die Bettdecke von einem der freien Betten, formte sie zu einem Wulst und schob ihn
unter meine Decke, so daß es aussah, als liege
dort jemand. Gerade rechtzeitig fiel mir ein,
daß ich draußen ohne Jacke oder Mantel frieren würde, und so legte ich eine unbenutzte
Wolldecke über meine Schultern. Dann ging
ich zu dem schlafenden Mädchen und tastete
nach dem Handgriff und der Klingelschnur,
die über dem Bett hingen. Wenn man die
Klingel drücke, hatte mir die Schwester er-

klärt, komme sie so schnell wie möglich, um nachzuschauen. Ich drückte kräftig darauf, und als ich im Gang draußen Schritte hörte, hatte ich gerade noch Zeit genug, mich hinter der Tür zu verstecken. Die Schwester quetschte mich beinahe an die Wand, als sie eintrat und Licht machte. Sie ging auf das Bett mit dem Mädchen zu, und ich huschte hinaus. Vielleicht würde es noch ein paar Stunden dauern, bis sie merkte, daß ich weg war. Ich kam zum Lift und fuhr, mit der Wolldecke über den Schultern, hinunter in die Eingangshalle, wo noch ziemlich viele Leute herumstanden. Ich duckte mich, um ungesehen am Empfangsschalter vorbeizukommen, aber die Empfangsdame sah mich trotzdem und fragte verwundert, woher ich komme. Ich deutete auf eine Frau mit Pferdeschwanz, die gerade hinausging, und sagte: «Das ist meine Mama.» Dann rief ich laut und jammernd: «Mama, Mama, so warte doch!» und begann zu rennen. Draußen überholte ich die Frau, die sich mit fragendem Ausdruck umgedreht hatte, ließ sie stehen und rannte bei Rot über die Straße, hinüber zur Haltestelle, und dort stand Fredi und hatte sein Fahrrad an den Billettautomaten gelehnt.

«Hallo!» sagte ich erleichtert. «Da bist du ja.»

«Beeil dich!» sagte er und stotterte ein bißchen vor Aufregung. Er schob das Fahrrad zu mir hin, ich setzte mich auf den Gepäckträger, und er schwang sich auf den Sattel. Die ersten paar Meter schwankten wir stark, doch wir haben Übung im Fahren zu zweit, so fanden wir rasch das Gleichgewicht, und Fredi trat schneller in die Pedale. Ich kannte ein dunkles Nebensträßchen, wo überall welke und nasse Blätter lagen, dort mußte Fredi vorsichtiger fahren. Ich hatte mir die Route vorher genau überlegt. In fünf Minuten waren wir im Quartier, wo Larissa wohnte, und ein wenig später standen wir vor ihrem Haus. Niemand war hinter uns her, und ich sagte zu Fredi, jetzt müßten wir uns nicht mehr beeilen. Als er wieder genug Atem hatte, erzählte er, wie er's geschafft hatte, von zu Hause wegzukommen. Er hatte seiner Mutter Tee gebracht, und darin waren drei Schlaftabletten aufgelöst gewesen. Sie hatte ihm zuliebe den Tee getrunken und war schon nach einer Viertelstunde im Fernsehsessel eingeschlummert. Auch ich erzählte, was ich getan hatte, wir lachten beide ein bißchen. Fredi sagte, er fühle sich jetzt ziemlich abgekämpft, ich spürte wieder mein Kopfweh, und wir schauten zu den beleuchteten Fenstern im dritten

Stock hinauf, die zu Larissas Wohnung gehörten. Dorthin mußte ich, es gab keine Ausrede.

Vierzehntes Kapitel

Vera hört ein Stimmchen,
und Larissas Warze beginnt zu bluten

Die Haustür war offen, überhaupt wirkte das Haus, bis auf die oberste Wohnung, unbewohnt und leer. Ich legte die Wolldecke unten neben den Eingang. Leise stiegen wir die Treppen hoch. Die Stufen wollten gar kein Ende nehmen, und bei jedem Absatz wäre ich beinahe umgekehrt. Dann aber standen wir vor der Tür, die ich schon kannte. Sie hatte ein Guckloch, aber das Namensschild neben dem Klingelknopf fehlte.

«Und jetzt?» flüsterte Fredi. «Was muß ich tun?»

«Bleib einfach hier draußen», sagte ich. «Komm mir nur zu Hilfe, wenn du mich schreien hörst.»

«Und wenn du nicht mehr herauskommst?»

«Dann ruf die Polizei. Aber frühstens nach einer Stunde.»

Er schaute auf seine Uhr und nickte. «Also um elf.» Außerhalb der Sicht, die man von der Tür aus haben konnte, breitete er sein Taschentuch

über eine Treppenstufe und setzte sich darauf, wie wenn er picknicken würde. Ich sah ihm an, wie erleichtert er war, daß er Larissa nicht direkt gegenübertreten mußte. Zuerst lauschte ich an der Tür, ob ich von drinnen Stimmen hörte, aber alles war stumm, nur in meinem Rücken raschelte Fredi mit Bonbonpapier. Dann drückte ich vorsichtig die Klinke herunter und merkte, daß die Tür verschlossen war.

«Hast du den Schlüssel nicht mehr?» flüsterte Fredi.

«Nein», antwortete ich ebenso leise, «den habe ich letztes Mal stecken lassen.» Ich klingelte, ohne noch weiter zu überlegen, und ich hörte, daß Fredi hinter mir die Treppe hinunterflüchtete, aber nur ein paar Schritte, dann hielt er an. In der Wohnung drinnen rührte sich nichts. Ich nahm meinen ganzen Mut zusammen und klingelte ein zweites Mal.

«Komm», flüsterte Fredi von weiter unten, «es ist gar niemand da.»

Dieses Gefühl hatte ich auch, trotz des Lichts, das wir von außen gesehen hatten. Doch plötzlich drehte sich der Schlüssel im Schloß, die Tür ging auf, und vor mir stand Larissa. Sie trug einen blauen Morgenmantel und darunter einen Pyjama. Sie hatte nackte Füße mit roten Zehennägeln, ihre Haare waren zerwühlt.

Sie sah bleich und ungesund aus, mit dunklen Ringen unter den Augen, und die Warze leuchtete am Mundwinkel wie ein Glutpunkt. Ihr Anblick lähmte mich, und ich konnte nichts anderes als zurückzuglotzen.

«Duuu?» sagte sie schließlich. «Und so spät? Ich habe gedacht, du seist im Krankenhaus.»

Unsere Blicke bissen sich aneinander fest.

«Ich suche meinen Vater», brachte ich hervor. «Und ich denke, er ist bei dir.»

«So?» Sie lächelte drohend. «Du denkst zuviel, liebe Vera.» Sie trat einen Schritt auf mich zu, aber ich blieb, wo ich war. Larissa überlegte. «Na gut», sagte sie, und diesmal war ihr Lächeln tückisch. «Wenn du deinen Vater vermißt, dann komm herein und suche ihn. Er ist nicht hier.»

Das war bestimmt eine Falle. Ich zögerte. Sollte ich den Angriff schon jetzt wagen?

«Komm», lockte sie. «Überzeuge dich selbst.»

Und so betrat ich, auf alles gefaßt, ihre Wohnung.

Sie blieb hinter mir im Treppenhaus. «Da liegt ein Taschentuch», sagte sie. «Gehört es dir?»

Ich drehte mich um und versuchte, ein ehrliches Gesicht zu machen. «Nein, es lag schon da.»

Sie schaute mich mißtrauisch an. «Merkwür-

dig. Da muß sonst noch jemand dagewesen sein.» Sie hob das Taschentuch auf und roch daran. «Zitrone! Da liegt ja auch Bonbonpapier herum. Von wem wohl?»
Ich verfluchte Fredis Unordentlichkeit und betete, daß Larissa nicht noch weiter die Treppe hinunterging.
Sie knüllte das Taschentuch zusammen und steckte es in die Tasche ihres Morgenmantels. «Nun, was zauderst du? Geh nur, schau dich um.» Sie kam zu mir in den Gang und schloß die Tür. Mein Herz machte einen Sprung. Jetzt konnte ich nur noch schreien, wenn ich Fredi alarmieren wollte.
Ich schaute mich um, ob Kleidungsstücke von Paps am Garderobenständer hingen oder irgendwo herumlagen. Aber da war nichts.
«Wir zwei sind allein», sagte Larissa. «Siehst du das? Jetzt haben wir endlich Zeit, darüber zu reden, wie's weitergehen soll mit uns und deinem Vater.»
Ich ging, gefolgt von Larissa, in die Küche. Es war zum Frösteln dort drin, an den Wänden hatte es Reif, und auf dem Tisch standen zwei Tassen mit gebrauchten Teebeuteln. Larissa drängte sich an mir vorbei und stellte die Tassen rasch ins Spülbecken. Ich tat so, als hätte ich's nicht gesehen, und zwang mich, als näch-

stes ins Schlafzimmer zu gehen, wo immer noch der große Besen in der Ecke stand. Der Fernseher vor dem Bett lief ohne Ton, und das Bett war nicht gemacht. Es sah aus, als wäre Larissa bis vorhin darin gelegen.

«Die Leintücher mit den blauen Flecken habe ich gewechselt, wie du siehst», sagte sie. «Sie sind in der Wäscherei.»

«Wir machen die Wäsche immer selber», sagte ich und ließ meine Blicke herumwandern.

Larissa lachte hämisch. «Brav! Sehr brav!»

Es gab noch einen Schrank im Zimmer, und über dem einzigen Stuhl hingen auf schlampige Weise Larissas Kleider, so daß man die Stuhlbeine nicht mehr sah.

Bevor Larissa reagieren konnte, ging ich zum Schrank, öffnete ihn und schaute hinein.

«He!» schrie sie. «Du öffnest hier gar nichts!» Mit einem Sprung war sie bei mir und schob die Schiebetür so heftig zurück, daß sie beinahe meine Hand einklemmte. Aber die zwei oder drei Sekunden hatten genügt: Im Schrank hing Paps' grüne Winterjacke! Ich hatte die Farbe und den groben Stoff sogleich erkannt. In meinen Fingerspitzen begann es zu kribbeln vor Wut. Larissa stand dicht bei mir und hielt mich mit ihrem Körper vom Schrank ab. Sie roch nach Hexenschweiß, ihre Brust hob und senkte

120

sich. Sie war zwei Köpfe größer als ich, und sie
schaute kalt und feindselig zu mir herunter.
Da schien mir, ich höre vom Stuhl her erstickte
Laute, ein Stimmchen, das ich kannte und
doch nicht. Ohne zu überlegen, rannte ich
zum Stuhl, sie hinter mir her, und bevor ich
dort war, hatte sie mich eingeholt und am
Jackenkragen gepackt.
«Halt, du verdammter Frechdachs!» Sie riß
mich herum, ich prallte gegen sie und stolperte über ihre Füße. Da lag ich auf dem Rücken
wie ein hilfloser Käfer, und sie kniete halb auf
mir und drückte mit beiden Händen meine
Schultern auf den Boden.
«Und jetzt frier ich dich ein!» schrie sie. «Ich
frier dich ein und stopf dich in den Kühlschrank!» Sie sagte fremde Wörter, mir wurde
furchtbar kalt, ich klapperte mit den Zähnen,
doch die Verzweiflung gab mir neue Kraft,
ich zog blitzartig die Beine an, wie wir's bei
Frau Grolimund gelernt hatten, und stieß Larissa von mir weg. Schon war ich wieder auf
den Beinen, gleichzeitig mit ihr. Kämpfe!
Kämpfe jetzt! befahl ich mir. Sie stöhnte und
schnaufte und rieb sich die Schulter, und mir
schien, aus ihren Ohren rauche es vor Zorn;
das vertrieb vielleicht die Kälte, die sie herbei-
hexen wollte, denn mein Kopf war wieder

aufgetaut. Wir begannen einander zu umkreisen und lauerten auf einen günstigen Moment für den entscheidenden Angriff. Ich war schwächer als sie und mußte deshalb flinker sein. Plötzlich schoß ihre Hand auf mich zu, ich wich aus, packte ihren Unterarm, drehte ihn herum. Aufschreiend ging sie zu Boden, bekam aber mein Fußgelenk zu fassen, so daß ich über sie stürzte, und nun hielten wir einander umklammert und wälzten uns über den Teppich. Einmal war sie oben, einmal ich, wir kniffen und kratzten einander, wir schrien uns an, ich spürte ihren Atem im Gesicht, dann gelang es mir irgendwie, mich von ihr zu lösen und mich aufzurappeln. Ich hatte die Kordel ihres Morgenmantels in der Hand und zog mit aller Kraft daran und dachte, damit könne ich sie fesseln. Doch sie zog ebenso kräftig am andern Ende, die Kordel zerriß mit einem trockenen Geräusch, und wir fielen beide auf den Hintern. So blieben wir sitzen, und ich merkte, daß sie ebenso erschöpft war wie ich.

«Das genügt», keuchte Larissa. Mit einem halben Lachen zeigte sie auf mich. «Ganz so hübsch wie vorher bist du nicht mehr.» Mein Gesicht brannte, ich spürte, daß meine Wange zerkratzt war. Aber Larissa hatte dafür ein ge-

122

schwollenes Auge, und ihre Warze war halb abgerissen und blutete ebenfalls.

«Du siehst auch nicht schöner aus», sagte ich.

«Meinetwegen. Zum Glück hast du diesmal nicht gereimt. Sonst hätte auch ich meine ganze Kunst gebraucht, und dann wärst du verloren gewesen.»

«Und warum hast du sie nicht gebraucht?»

Sie zuckte mit den Achseln. «Weiß der Kuckuck warum. Du bist mir ja eigentlich gar nicht unsympathisch. Das erste Mal, als wir uns sahen, habe ich tatsächlich gedacht, wir würden uns mögen.» Sie drückte Fredis Taschentuch auf die blutende Warze, und einen Moment lang fragte ich mich, was Fredi draußen im Treppenhaus wohl mache.

Larissa rümpfte die Nase. «Dieser Zitronengeruch! Also, was willst du jetzt? Einen Hexensirup?»

Ich stand mühsam auf. Alle Glieder schmerzten mich. «Ich will unter dem Stuhl nachschauen», sagte ich.

«Nein!!» schrie sie. Ich dachte, der Kampf gehe wieder los und nahm mir vor, im Notfall zu reimen, doch dann erschlaffte sie, und ihr Gesicht wurde plötzlich weich wie Teig an der Wärme.

«Dann schau eben nach», sagte sie. «Es hat ja doch keinen Sinn.»

123

Fünfzehntes Kapitel

Ein Kuß wirkt Wunder

Ich humpelte zum Stuhl und zog Larissas langen schwarzen Rock von der Lehne weg. Unter dem Stuhl war ein Vogelkäfig, und darin bewegte sich etwas Lebendiges. Ich kauerte nieder, und da sah ich, wer es war: Paps, auf Fingerlänge geschrumpft! Er stand in seinen Manchesterhosen und dem roten Hemd auf dem Käfigboden und versuchte an den Stäben zu rütteln. Sein Brillchen war ihm auf die Nase gerutscht, und er sah niedlicher aus als jede Barbiepuppe. Ich war einer Ohnmacht nahe und hauchte nur: «Paps? Paps? Was hat sie mit dir gemacht?»

Er antwortete, aber es war so piepsig, daß ich das Ohr an den Käfig halten mußte, um ihn zu verstehen: «Laß mich raus! Sie soll mich zurückverwandeln!»

«Laß ihn drin», sagte Larissa hinter mir. «Sonst zertrittst du ihn noch. Wir müssen uns überlegen, was wir mit ihm anstellen.»

Ich war schon bei ihrem ersten Wort herumgefahren und ballte meine Fäuste. «Warum hast

du das getan, du Scheusal!» Wenn ich stark genug gewesen wäre, hätte ich sie aus dem Fenster geschubst.

Larissa saß im Schneidersitz auf dem Boden, vor dem verrutschten Bett, und sah mich traurig an. «Ich schwör's dir, Vera, ich wollte es gar nicht tun. Es ist mir passiert. Ich wußte gar nicht, daß ich das noch kann.»

«Dann mach ihn wieder groß wie vorher», sagte ich mit kalter Wut. «Er hat dir ja gar nichts zuleide getan.»

«Ich hab's versucht. Es geht nicht.» Plötzlich hatte sie nasse Augen, und das war eine totale Überraschung für mich.

Paps piepste etwas Unverständliches dazwischen, aber solange hier keine Katze herumstrich, war er ja in Sicherheit.

«Hör zu, Vera», sagte Larissa. «Wir haben uns heute abend unheimlich gestritten, und zwar wegen dir. Dein Vater hat gesagt, er müsse auf dich Rücksicht nehmen, das sei seine Pflicht. Du habest eben in allem Vorrang, und du würdest es nicht ertragen, wenn wir zusammenzögen, du wärst schon jetzt beinahe durchgedreht mit all diesen lächerlichen Knoblauch- und Weihrauchgeschichten. Ich habe gesagt, er lasse sich regelrecht tyrannisieren von seiner Tochter, und ich sei ja bereit, Rücksicht zu nehmen,

bloß hätten er und ich unsere eigenen Bedürfnisse. Er hat widersprochen, ich habe geschrieen: Du mickriger Gartenzwerg, du! Und plötzlich hat er zu schrumpfen angefangen, er ist geschrumpft, bis er so winzig war wie jetzt, und dann ist er herumgelaufen wie ein Mäuschen, und ich hab ihn zur Beruhigung in den alten Vogelkäfig eingesperrt. Seit zwei Stunden versuche ich nun, den Zauber rückgängig zu machen, schon nur, damit du nicht einen solchen Winzling als Vater hast.»
Jetzt weinte sie richtig, sie hatte die Hände vors Gesicht geschlagen, und ihre Schultern zuckten. «Wir hätten doch so gut zusammengepaßt, der Theo und ich! Du kannst dir nicht vorstellen, wie einsam es war auf meinem Berg. Diese endlosen Winter! In meiner Höhle bin ich gesessen, habe geschlottert und auf den Frühling gewartet. Und wenn er endlich da war, hab ich auf Wanderer gewartet und sie belauscht. Und manchmal hab ich einen gefangen und geschrumpft, so konnte ich sie besser aufbewahren. Ich wollte ja bloß mit ihnen reden, damit die Zeit schneller verging. Aber die hatten solche Angst vor mir, daß sie nur noch stotterten, und so ließ ich sie wieder frei. Und kaum waren sie weg von mir, schwollen sie wieder an wie Ballons, die man aufbläst.

126

Ja, so ist das gewesen.» Sie stockte und versteckte ihr Gesicht vor mir, und irgendwie sah
sie plötzlich selber geschrumpft aus, wie ein
kleines Mädchen, das man trösten muß.

«Wenn wir Paps wegschicken würden», sagte
ich, «würde er vielleicht auch wieder groß.»
Sie stieß einen klagenden Ton aus. «Ich bring's
nicht über mich. Dafür hab ich Theo zu lieb.
Er könnte ja eine Treppenstufe hinunterfallen
und sich das Genick brechen.»

«Und wenn ich ihn in meine Tasche nähme
und erst drunten auf der Straße abstellen würde?» Die Idee, meinen Vater herumzutragen,
gefiel mir gar nicht, aber ich wollte alles dar-
ansetzen, ihm zu helfen.

«Er muß selber weg von hier, auf eigenen Beinen, verstehst du? Und genau das ist das Problem.» Sie schluchzte erbärmlich, und ich
staunte darüber, daß ich Mitleid mit ihr hatte.

«Warum bist du überhaupt zu uns herunterge-
kommen?» fragte ich.

«Das fragst du noch? Es war nicht mehr zum
Aushalten, so mutterseelenallein in dieser Ein-
öde.»

«Hattest du nicht Gesellschaft von andern Hexen?»

«Nein. Die paar wenigen von meiner Sorte,
die's noch gibt, wollen nichts mehr von mir

wissen. Denen bin ich zu wenig böse. Zur Walpurgisnacht gehe ich schon lange nicht mehr, dort prahlen alle nur mit ihren Schandtaten, und das meiste ist erstunken und erlogen, denn die Menschen glauben ja nicht mehr an uns, und das schwächt uns von Jahr zu Jahr mehr.»

«Und dann bist du gekommen, um einen Mann zu suchen?»

«Ja. Ich hab manchmal Liebespaare an Rastplätzen miteinander reden gehört. Von ihrer Zukunft, von einem Haus, von allerliebsten Babys, wie unglaublich schön es sein werde, abends gemeinsam vorm Fernseher zu sitzen. Dazu haben sie sich an der Hand gehalten und einander angelächelt. Eines Tages wollte ich das alles auch. Ich wollte einen Mann, ein Haus, ein Kind und einen Fernseher. Auch Berghexen haben ein Recht darauf, glücklich zu sein. Oder findest du nicht?»

Ich nickte. Das hatte ich mir noch gar nie überlegt.

«Und so bin ich hierher geflogen. Ich irrte nächtelang herum, schaute durch die Fenster in beleuchtete Wohnungen und Häuser hinein. An vielen Orten hätte mir's gefallen. Aber überall waren schon Paare. Eines Nachts hab ich im dritten Stock euch beide gesehen, deinen Vater

128

und dich. Theo hat mir gefallen, er hat ebenso einsam gewirkt wie ich, und ich habe herausgefunden, daß er keine Frau mehr hat und Lehrer ist. Ich habe mich als Turnlehrerin ausgegeben und eine Stellvertretung bekommen, und dann hab ich's eingerichtet, daß wir uns auf einer Konferenz begegnet sind. Ich konnte ja unmöglich sagen: Hallo, ich bin eine alleinstehende Hexe, wie wär's mit uns zwei? Aber ich hab ihm auch gefallen, wie du weißt, und so hat sich eines aus dem andern ergeben. Zwischendurch hab ich schon gar nicht mehr gewußt, woher ich komme, nur deine Blicke haben mir immer wieder gezeigt, für wen du mich hältst, und das hat mir weh getan.»

Larissa weinte wieder stärker, und jetzt hätte ich ihr gerne übers Haar gestrichen, aber ich wagte es nicht, sie war ja doch eine echte Hexe, und sie hatte es sogar zugegeben!

Sie schneuzte sich in Fredis Taschentuch. «Jetzt ist sowieso alles zu Ende, du haßt mich, und dein Vater haßt mich auch. Wie sehr wünsche ich, es wäre anders gekommen!»

Das war so traurig, daß ich wie von selber aufstand, zu ihr hintrat und vor ihr niederkauerte. «Ist ja alles gar nicht so schlimm», sagte ich, obschon es schlimm genug war.

Sie schluckte leer und sah mich ungläubig an.

129

«Ich bin dir gar nicht mehr böse», sagte ich, und das war die reine Wahrheit. Und dann sagte ich einen Reim, der mir einfach so einfiel: «Gib mir einen Kuß, Larissa Laruss!» Irgendwie wußte ich, daß es ein guter Reim für sie war und kein schlechter.

Sie zuckte erst zusammen, doch dann ging ein Strahlen über ihr Gesicht, sie beugte sich vor und küßte mich auf beide Wangen, und ich küßte sie zurück, sie sprang auf die Füße und rief: «Du hast mich erlöst! Du hast mich erlöst!» Dann griff sie nach meinen Händen und begann mit mir im Zimmer herumzutanzen. «Darauf habe ich gewartet! Genau darauf!» lachte sie und wirbelte mich herum, daß mir schwindlig wurde. «Ich habe darauf gewartet, daß ein Kind mich von sich aus küßt. Aber das durfte ich ja nicht sagen. Und jetzt ist es endlich geschehen!» Sie packte mich und hob mich hoch und küßte mich und drehte sich dabei wie wild um sich selber, und ich lachte und zappelte mit den Beinen, und sie rief «Hurra!» Und erst als wir nicht mehr konnten, ließen wir einander los und ließen uns lachend auf den Teppich fallen. Und jetzt war es das Zimmer, das sich drehte, und plötzlich sagte Paps' normale Stimme hinter mir: «Hallo, ihr zwei, ihr treibt's ja ganz schön bunt!» Ich

schaute zur Tür, und da sah ich Paps in voller
Lebensgröße, wie auf einem Karussell, das immer langsamer wurde und endlich anhielt. Er
trug seinen blaugrünen Pyjama und war bloß
ein wenig kleiner und zerknitterter als vorher,
wie eingegangen nach der Heißwäsche, aber
sonst unverändert.

Sechzehntes Kapitel

Wie kann einer so winzig sein und dann wieder so groß?

«Paps», sagte ich verstört und immer noch außer Atem. «Wie hast du das jetzt geschafft?»
«Was denn, Vera?» Erstaunt blinzelte er mich an. «Und du? Wie bist du vom Krankenhaus hierhergekommen? Und warum bist du so zerkratzt?»
«Du warst doch vorhin ganz klein», sagte ich. «Und jetzt bist du wieder groß.»
Seine Verwirrung wurde noch stärker. «Was bildest du dir ein, Vera? Ich war im Bad und habe mich rasiert. Und dann habe ich euer Hurrageschrei gehört und bin zurückgekommen.»
Was sollte ich jetzt glauben? Ich sah den Käfig unter dem Stuhl. Das Türchen war offen, ein paar Stäbe waren verbogen, gerade so als sei jemand ausgebrochen.
«Es ist jetzt, wie es ist», sagte Larissa. Sie stand auf und legte ihre Hand auf meine Schulter, und als ich zu ihr aufsah, war sie endgültig keine Hexe mehr.

132

«Das ist mir alles ein bißchen viel», sagte Paps. Er schwankte leicht, wie wenn er ein Glas zuviel getrunken hätte, und ließ sich auf den Stuhl plumpsen. «Ich weiß immer noch nicht, wie Vera hergekommen ist. Ihr seht ja aus, als hättet ihr euch geprügelt, und plötzlich liegt ihr einander in den Armen wie die besten Freundinnen.»

«Das sind wir noch nicht», sagte Larissa. «Aber jedenfalls haben wir beschlossen, uns zu vertragen.»

Ich nickte und schwieg, denn ich wußte: Was Larissa mir erzählt hatte, das würde unser Geheimnis bleiben; sollte Paps ruhig glauben, was er glauben wollte.

«Na dann», sagte Paps, und mir schien, er sei beinahe beleidigt. «Friede, Freude, Eierkuchen. Mich braucht ihr wohl gar nicht mehr.»

«Doch», sagte ich, und Larissa zwinkerte mir zu und sagte: «Das kommt darauf an.»

In diesem Moment fiel mir Fredi ein. «Bin gleich wieder hier», rief ich und sauste hinaus. Sie haben mir vermutlich ziemlich verdutzt nachgeschaut. Aber Fredi war nirgends zu finden, weder auf der Treppe zum dritten Stock noch weiter unten. Hatte er mich im Stich gelassen? «Fredi», sagte ich zu den Wänden und dann ein bißchen lauter: «Fredi, wo bist du?»

Unten im Hauseingang schaute ich mich suchend um. In einer Ecke war die Wolldecke über ein paar Kartons gebreitet. Die bewegten sich plötzlich, es raschelte, unter der Decke kam ein Arm hervor. Zum letztenmal an diesem Tag stand mein Herz beinahe still. Doch dem Arm folgte ein runder Kopf, den ich kannte, und Fredi kroch langsam aus seinem Versteck. Er war ganz staubig, er grinste verlegen und zitterte vor Kälte. «Du lebst also noch», sagte er. «Aber du bist ja richtig verwundet, wie?»

«Ein paar Kampfspuren», sagte ich. «Die spüre ich kaum. Was tust du hier?»

«Ich hab mich versteckt.» Er stand auf, er strich sich übers Haar und über die Jacke, und allerlei Späne und Fetzchen fielen von ihm ab und regneten auf den Boden.

«Wovor denn?» fragte ich.

«Vor euch. Aber ganz weglaufen wollte ich nicht. Da war das hier am sichersten.» Und so erfuhr ich, was mit ihm geschehen war. Er hatte auf der Treppe gewartet, wie vereinbart, und auf die Uhr geschaut. Nach zehn Minuten hatte er mich und Larissa schreien hören, und da war er in die Wohnung gekommen. «Es war schrecklich, euch zuzusehen», sagte er. «Ihr habt gekämpft und gefaucht wie Katzen. Ich

134

habe gedacht, ich könnte den Besen nehmen
und ihn Larissa über den Kopf hauen, aber
vielleicht hätte ich ja dich getroffen. Und dann
habe ich den Käfig gesehen mit diesem Tier
drin, einem Äffchen oder so, und die Käfigtür
war schon halb offen, und gleichzeitig seid ihr
auf mich zugerollt. Da konnte ich nicht mehr
anders, ich bin weggerannt und habe sogar
vergessen, die Polizei zu rufen.» Er sah mich
flehend an. «Entschuldige bitte, daß ich keine
bessere Verstärkung gewesen bin.»
«Schon recht. Ich hab's ja allein geschafft.»
«Toll. Hast du sie abgemurkst? ... Oder außer
Gefecht gesetzt?»
«Das war nicht nötig. Wir haben uns geeinigt.»
«Geeinigt?»
Erst jetzt fiel mir auf, daß er gar kein Bonbon
lutschte. Wahrscheinlich hatte er sie unter den
Säcken alle aufgebraucht. «Na ja. Waffenstill-
stand oder wie das heißt. Verstehst du? Sie ist
auch gar keine Hexe mehr.»
«Tatsächlich? Wie kommt denn das?»
«Das kann ich schlecht erklären.»
Da hörte ich von oben Larissas besorgte Stim-
me. «Vera! Wo bist du? Was ist denn los?»
«Ich komme gleich», antwortete ich laut. «Und
du kommst am besten mit», sagte ich zu Fredi.
«Ich?» Er versteifte sich wie in der Schule vor

135

einer schwierigen Turnübung. «Ist das ... nicht gefährlich?»

«Keine Spur. Ich stelle dich Larissa vor.»

«Und dieses Tier im Käfig? Ich glaube, es hat mit den Zähnen gefletscht.»

«Das ist bloß ein südamerikanischer Lollopappo, und der tut dir nichts.» Ich zog ihn mit, und er trottete widerstrebend neben mir die Treppe hoch.

Paps und Larissa saßen in ihren Schlafanzügen am Küchentisch, auf dem Herd kochte Wasser, und sie sahen aus, als ob sie seit Jahren zusammenleben würden. Das gab mir trotz allem einen kleinen Stich.

«Wie?» sagte Larissa überrascht. «Noch ein anderer Besuch?»

«Das ist Fredi», sagte ich. «Er war meine Verstärkung, und darum habe ich ihn hergeholt.»

Paps nickte Fredi zu, als wäre es selbstverständlich, daß nachts um elf kleine Jungen hier auftauchten. Larissa lächelte, und Fredi blickte ängstlich zu ihr hin. Ihre Warze war blutverkrustet, aber viel kleiner als vorher, ich schwöre dir, lieber Hampel, man sieht sie kaum noch.

«Du solltest jetzt nach Hause gehen», sagte Paps zu Fredi. «Deine Mutter sorgt sich bestimmt um dich. Ich kann sie ja anrufen und sagen, du seist hier.»

136

«Die schläft», erwiderte Fredi mit gesenktem Blick. «Sie würden sie bloß wecken.»
Paps hob die Augenbrauen. «Wie du meinst.»
Larissa rumorte mit Tassen und Untertellern. «Wir machen uns einen Kräutertee», sagte sie. «Wollt ihr mittrinken?»
«Gerne», sagte ich.
«Ist das ein Hexentrank?» flüsterte Fredi mir zu.
«Nein», zischte ich und stieß ihn mit dem Ellbogen in die Seite, denn ich wollte nicht, daß Larissa ihn hören konnte.

Siebzehntes und letztes Kapitel

Zu Hause stinkt es,
aber Vera putzt sich die Zähne

Der Tee schmeckte komisch, ich gebe es zu, aber er hat uns nicht geschadet. Paps und Larissa redeten über ihre Schulen, und Larissa führte uns eine Yoga-Übung vor, die sie ihren Klassen beibringen wollte. Sie machte auf allen vieren die Brücke, ihr Bauch war gespannt wie ein Trommelfell, und ich setzte mich darauf, ohne daß sie zusammenbrach. Fredi staunte uns an, und Paps lachte so gemütlich, wie er's schon lange nicht mehr getan hatte.
Dann fragten wir uns, wie's weitergehen sollte. Paps fand, wir müßten jetzt doch in unsere Wohnung zurückkehren, schon wegen Fredi, und irgendein Notlager improvisieren. Larissa widersprach zuerst und sagte, Fredi könne auch hier bleiben, Decken habe sie genug. Doch als sie die Tränen in Fredis Augen sah, gab sie nach. Aber zum Frühstück, sagte sie, erwarte sie uns wieder, unsere Küche sei ja unbenützbar.
Paps hatte den Citroën in der Nähe geparkt.

Wir luden Fredis Fahrrad in den Kofferraum.
Ein Rad hing noch halb heraus, die Hecktür
ließ sich nicht mehr schließen, und Paps mußte sie mit einer Gummischnur festbinden. Wir
waren schon beinahe bei uns, da dachte ich
zum Glück an dich, lieber Hampel, und daß
ich dich im Krankenhaus vergessen hatte. Paps
fuhr den ganzen Umweg, um dich zu holen.
Wie er das ohne Scherereien zustande brachte,
weiß ich nicht. Ich blieb im Auto sitzen, Fredi
lehnte sich an mich und schnarchte ein bißchen. Paps schwenkte dich schon von weitem
und sagte, ich hätte es ja schlau angestellt, vermißt hätten sie mich noch nicht, aber die
Nachtschwester sei jetzt im Bild, und ich müßte morgen noch mal zur Untersuchung antre-
ten. Vermutlich hat er ihnen gesagt, ich sei vor
Heimweh außer mir gewesen und deshalb ge-
flüchtet, sowas verstehen sie immer am besten.
Ich steckte dich unter den Pullover, wo's am
wärmsten ist, und nahm dich erst wieder hervor, als wir zu Hause waren. Fredi schlich in
seine Wohnung, wo Frau Koller hoffentlich
immer noch schlief. «Bis morgen», sagte ich
halblaut, bevor er die Tür schloß.
Bei uns oben stank es furchtbar nach Ver-
branntem. Die Küche sah schlimmer aus, als
ich mir vorgestellt hatte. Die Wände und die

Decke waren schwarz, die Küchenmöbel halb verkohlt, vom Kühlschrank gab es nur noch einen grauen Klumpen, die Wände und der Boden waren naß. Paps hatte den Unrat schon zusammengewischt, und aufs kaputte Fenster hatte er einen Karton genagelt. Trotzdem zog es herein. Ich fröstelte, und ich schämte mich für unsern Leichtsinn.

«Na ja», sagte Paps, faßte rasch nach meiner Hand und ließ sie wieder los. «Sowas Dummes wirst du wohl kein zweites Mal anstellen. Und wer weiß, vielleicht suchen wir uns jetzt eine neue Wohnung.»

«Aber nicht zu weit von hier», sagte ich.

In Paps' Zimmer, wo der Schrank immer noch offen war, stank es am wenigsten. Wir schleppten die Matratze aus meinem Zimmer in seines und schoben sie ganz an die Wand.

«Das ist nur provisorisch», sagte Paps. «Sobald es geht, hast du wieder dein Zimmer, und ich habe meines.»

Wir putzten uns die Zähne, Paps strich mir Salbe auf die Wange, wir reimten noch ein bißchen, und jetzt liege ich hier. Mitternacht ist schon lange vorbei, Paps atmet laut im Doppelbett, und ich kann nicht einschlafen. Darum habe ich dir jetzt alles erzählt, lieber Hampel, auch das, wo du dabei warst. Morgen

haben wir wieder Schule, und ich weiß noch
nicht, was ich Frau Grolimund erzählen soll.
Ich werde ihr etwas schenken, vielleicht einen
neuen Armreif, aber nur wenn mein Taschengeld reicht. Merkst du, daß ich zu gähnen an-
fange, lieber Hampel? Hilf mir bitte, daß ich
keine schlimmen Träume habe.

Inhalt

Diese Ausdrücke kennst du vielleicht nicht:

Billettautomat: Fahrscheinautomat
Jungfrau: Berg in den Berner Alpen
Jupe: Rock
Manchesterhosen: Kordhosen
Migros: Schweizer Ladenkette
Quartier: Stadtviertel
Sanitätspolizei: Rettungsdienst
Schulreise: Klassenausflug
Tablar: Regal- oder Schrankbrett